|春|香|傳|

춘향전

| 편집위원 | (가나다 순)

김기형(서남대학교 국어국문학과 교수)
김종성(소설가)
김준옥(여수대학교 국어국문학과 교수)
유병환(공주대학교 국어교육과 교수)

춘향전

2000년 7월 5일 초판 1쇄 인쇄
2000년 7월 10일 초판 1쇄 발행

엮은이 한국고전편집위원회
펴낸이 유명자
펴낸곳 도서출판 장락
표지 · 본문편집 임은경
영업 홍정현
인쇄 신화인쇄
제본 성하제책

출판등록 1991년 7월 25일(제21 - 251호)
주소 110 - 290 서울시 종로구 인사동 153 - 3 금좌빌딩 205호
전화(02)735 - 0307, 8 팩시밀리(02)735 - 0309

정가 6,500원

ⓒ도서출판 장락, 2000
ISBN 89 - 85262 - 74 - 2 03810

춘향전

春香傳

한국고전편집위원회 엮음

도서출판 장락

머리말

   작자, 연대 미상의 『춘향전』은 우리 나라 고전소설 가운데 가장 뛰어난 작품이다.

   소설의 이본이 120종이나 되고, 내용도 약간씩 차이가 있다. 『춘향전』은 가장 많은 독자들을 가졌고, 또한 독자들에게 많은 공감을 불러 일으켜 왔다.

   『춘향전』은 처음에는 판소리로 불리다가 소설로도 정착되었다고 보고 있다. 판소리로 불리다가 소설로 정착된 작품을 판소리계 소설이라고 부른다. 이러한 판소리계 소설은 문장체 소설로 바뀐 것도 있고, 한문체 소설로 바뀐 것도 있다.

   이렇게 이본이 많은 『춘향전』의 주석과 연구는 1920년대부터 시작되었다. 1930년대와 1940년대의 연구 업적은 조윤제 박사의 『교주춘향전』(박문서관, 뒤에 을유문화사에서 재간)이 널리 알려져 있고, 1950년대와 1960

년대를 거치면서 김동욱 박사의 『춘향전연구』를 비롯한 많은 연구 업적이 학계에서 쏟아져 나왔다. 1970년대와 1980년대를 들어서서도 춘향전의 연구는 끊임없이 이어졌는데, 『춘향전전집』 등을 펴낸 김진영 박사의 연구 업적이 돋보인다.

『춘향전』에 대한 학계에서의 연구 못지 않게 『춘향전』의 현대소설화 작업도 끊이지 않았다. 이광수 선생의 『일설춘향전』(1925년~1926년) 이주홍 선생의 『탈선춘향전』(1982년), 김주영 선생의 『외설춘향전』(1994년) 등이 바로 그것이다.

그러나 학자들의 전문 연구서는 중·고등, 대학생들과 일반 독자들이 읽기에는 너무 전문적이어서 접근이 쉽지 않고, 현대소설화된 『춘향전』은 작가들의 창작의 손길이 도처에 닿아 있어, 원전과는 많은 거리가 있었다.

이에 원전의 내용을 최대한 살리면서, 중·고등, 대학생들과 일반 독자들이 편안하게 읽을 수 있는 『춘향전』을 만들기 위해 대학 교수들과 작가로 구성된 고전편집위원회를 만들어 완판본을 기본 자료로 하여 1차 작업을 벌였다. 1차 작업의 결과물을 가지고 각 편집위원들이 돌려가며 읽어, 덧붙일 것은 덧붙이고 뺄 것은 뺐다. 그리고 최종 문장 교열은 작가 김종성 위원이 맡아 수고해 주었다.

2000년 6월
한국고전편집위원회

차 례

춘향전

숙종대왕 즉위 초에 성덕聖德이 넓으시어 성자성
손聖子聖孫은 대대로 계승하여, 피리소리 북소리들은
요순堯舜의 태평시절을 말하는 듯하고, 의관과 문물
은 우禹임금과 탕湯임금의 평화스럽던 시절의 버금
이라. 좌우에서 보필하는 신하들은 모두 주춧돌이
될만한 신하들 뿐이요, 용양호위龍驤虎衛의 각위各衛에
는 간성干城의 장수들이라. 조정에 흐르는 덕화德化
가 먼 시골에까지 퍼졌으니 사해四海에 굳은 기운이
원근에 어리어 있더라. 충신은 조정에 가득하고 효
자와 열녀는 집집마다 있더라.

성덕:임금의 덕.
성자성손:성스러운 자
손. 역대의 임금을 말함.
요순:고대 중국의 덕망
이 높은 임금인 요와 순.

용양호위:조선시대 궁
궐을 호위하던 용양위
와 용호영.
간성:방패와 성벽이라
는 뜻으로 '나라를 지
킴'을 뜻함.

아름답고 아름답도다……. 비와 바람이 때를 어기지 않고 순조로우니 배를 두드리며 사는 백성들은 곳곳에서 격양가擊壤歌를 부르더라.

이 때 전라도 남원부南原府에 월매月梅라 하는 기생이 있으되 삼남三南의 유명한 기생으로서 일찍이 기생에서 물러나 성씨成氏라는 양반을 데리고 세월을 보내되, 나이 바야흐로 사십이 되었으나 일점 혈육이 없어 이 일로 인하여 한이 되어 길게 탄식하고 수심에 잠겨 병이 되었구나. 하루는 크게 깨쳐 옛사람을 생각하고 남편을 들어오라 청하여 여쭈오되 공손히 하는 말이,

"들으시오. 전생에 무슨 은혜를 끼쳤던지 이생에 부부되어, 창기娼妓 행실 다 버리고 예모禮貌도 숭상하고 길쌈도 힘썼건만 무슨 죄가 이리 많아 일점 혈육 없으니, 육친무족六親無族 우리 신세 조상의 제사를 누가 받들며, 죽은 뒤의 감장監葬을 어이하리. 명산대찰名山大刹에 불공이나 들이어 남녀간 낳기만 하면 평생의 한을 풀 것이니 당신의 뜻이 어떠하시오?"

성참판이 하는 말이,

"일생 신세 생각하면 자네 말이 당연하나, 빌어서 자식을 낳을진댄 자식 없을 이 누가 있으리요."

하니, 월매가 대답하기를,

"천하 대성大聖 공자님도 이구산尼丘山에 빌어 낳으시었고, 정 나라 정자산鄭子産은 우형산右荊山에 빌어서 낳았으며 우리 동방의 강산을 이를 진대 명산대찰이 없을소냐. 경상도 웅천熊川의 주천의朱天儀는 늦도록 자녀가 없어 최고 높은 봉우리에 올라가 빌었더니 대명천자大明天子 나계시어 대명천지大明天地 밝았으니 우리도 정성이나 드려 보사이다."

공든 탑이 무너지며 심은 나무가 꺾일소냐. 이 날부터 목욕재계 정히 하고 명산승지名山勝地를 찾아갈 제 오작교烏鵲橋 썩 나서서 좌우산천을 둘러보니, 서북의 교룡산蛟龍山은 서북쪽을 막아 있고, 동으로는 장림長林 수풀 깊은 곳에 선원사禪院寺는 은은히 보이고 남으로는 지리산이 웅장한데, 그 가운데 요천수蓼川水는 일대 장강長江 푸른 물이 되어 동남으로 둘렀으니 별천지가 여기로다. 푸른 숲을 더위잡고 산수를 밟아 들어가니 지리산이 여기로다. 반야봉 올라 서서 사면을 둘러보니 명산대천이 완연하다. 상봉에 단壇을 모아 제물을 차려 놓고, 단 아래 엎드

정 나라:중국 춘추전국 시대의 한 나라.
정자산:춘추시대 정 나라의 재상 공손교.

대명천자:중국 명 나라의 황제.

오작교:광한루 안에 있는 다리.
교룡산:남원에 있는 산.
장림:남원 근교에 있는 숲 이름.
요천수:남원 근교의 강 이름.

려서 천신만고 빌었더니, 산신님의 덕이신지 이 때
가 오월 오일 갑자라. 한 꿈을 얻으니 상서로운 기
운이 공중에 서리면서 오색이 영롱하더니 한 선녀
가 청학을 타고 오는데 머리에는 화관花冠을 쓰고,
몸에는 고운 옷을 입었더라. 월패月佩소리 쟁쟁하고,
손에 계수나무꽃 한 가지를 들고 당에 오르며 손을
들어 길게 읍하고 공손히 여쭈오되,

오색:청, 황, 적, 백, 흑.

월패:가슴이나 허리에
차는 패옥의 한 가지.

　"저는 본디 낙포洛浦의 딸이었는데 반도蟠桃를 진상
하고자 옥경玉京에 갔다가 광한전廣寒殿에서 적송자赤
松子를 만나 정회를 다 풀지 못하고 있을 즈음, 때에
늦은 것이 죄가 되어 옥황상제께서 크게 노하시어
인간 세계로 내쫓으시매, 갈 바를 알지 못하였더
니, 두류산 신령神靈께서 부인 댁으로 지시하기로 왔
사오니 어여삐 여기소서."

낙포:낙수의 여신.
반도:하늘 복숭아. 선경
에 있다는 큰 복숭아.
옥경:옥황상제가 산다
는 서울. 백옥경.
광한전:달의 궁전.
적송자:고대의 신선 이
름.
두류산:남원에서 보이
는 지리산.

　하며, 품으로 달려들새,

　학의 높은 울음소리는 그의 목이 긴 까닭이라. 학
의 울음소리에 놀라 깨니 실로 한바탕의 꿈이라.

　황홀한 정신을 진정하여 바깥 양반과 꿈 이야기
를 말하고, 천행으로 남자를 낳을까 기다렸더니,
과연 그 달부터 태기 있어 열 달이 차자, 하루는 향
기가 방안에 가득하며 오색 구름이 빛나는데 혼미

한 가운데 아이를 낳으니 한 알의 구슬 같은 딸이
더라. 월매의 일구월심日久月深 그리던 마음에 아들
은 아니지만 그만한 대로 소원을 이룬 셈이어서 그
사랑하는 정경은 어찌 다 말하리요. 이름을 춘향이
라 부르면서, 손에 잡은 보옥같이 길러내니, 효행孝
行이 비길 데 없고 어질고 착하기 기린과 같더라.
칠팔 세가 되자, 글 읽기에 마음을 붙여 예모정절禮
貌貞節을 일삼으니, 춘향의 효행을 남원읍의 사람들
이 칭송하지 않는 사람이 없더라.

이 때 삼청동三淸洞 이한림李翰林이라 하는 양반이
있었으니 대대로 내려오는 명문가요, 충신의 후손
이라. 하루는 전하께옵서 충효록忠孝錄을 올려 보시
고, 충신과 효자를 가려내시어 지방관으로 임명하
시는데, 이한림으로 하여금 과천 현감에서 금산
군수를 제수하시었다가 다시 남원부사를 제수하
시니, 이한림이 사은하여 절하며 임금을 하직하
고, 행장을 꾸려 남원부에 도임하여 민정을 잘 살
피니, 사방에 일이 없고 방곡의 백성들은 더디 옴
을 칭송하더라. 태평세월을 노래하는 노랫가락이
들려 오고 나라가 태평하고 해마다 곡식이 잘되어

일구월심:날이 오래고
달이 깊어짐. 오랫동안
간절하게 바라는 마음
을 나타낼 때 쓰는 말.

이한림:이씨 성을 가진
한림. 한림은 예문관의
정9품 벼슬.

현감:작은 현의 원.

백성이 효도하니 옛날 중국의 요임금 순임금 때와
같았더라.

이 때는 어느 때냐 하면 놀기 좋은 화창한 봄날이
라. 제비와 나는 새들은 서로 수작하고 짝을 지어
쌍쌍이 날아 들며 온갖 춘정春精을 다투는데, 남산에
꽃이 피니 북산도 붉어졌다. 천 갈래 만 갈래의 수
양버들 가지에 꾀꼬리는 벗을 부른다. 나무와 나무
는 숲을 이루고 두견새 접동새는 다 지나가니 일년
중에 가장 아름다운 계절이라.

이 때 사또 자제 이도령이 나이가 이팔이요, 풍채
는 당나라의 잘생긴 시인 두목지와 같고, 도량은
푸른 바다 같고, 지혜는 활달하고, 문장은 이백李白
이요, 글씨는 왕희지王羲之와 같더라.

하루는 이도령이 방자를 불러 말하되,

"이 고을에 경치 좋은 곳이 어디냐? 시흥과 춘흥
春興이 도도하니 절승 경처를 말하여라."

방자놈이 여쭙기를,

"글 공부 하시는 도령님이 경처를 찾음은 부질없
소."

이도령이 이른 말이,

"너 무식한 말이다. 옛부터 문장재사文章才士가 명

이백:당 나라 시대의
시인.
왕희지:중국 동진의 서
예가.

승지를 구경하는 것은 풍월과 글짓는 데 근본이 되는 것이라. 신선도 두루 놀아 널리 보니 어이하여 부당하냐? 사마장경司馬長卿 같은 인물은 남으로 강호에 떠 있다가 큰 강을 거슬러 올라갈 제 미친 물결 거센 파도에 겨울바람이 부르짖음 예로부터 가르치니, 하늘과 땅 사이 만물의 변화가 놀랍고 반갑고 아름다운 것이 글 아닌 게 없더라. 시중천자詩中天子 이태백은 채석강에서 놀았었고, 적벽강赤壁江 가을 달밤에 소동파蘇東坡가 놀았었고, 심양강潯陽江 달 밝은 밤에 백낙천白樂天이 놀았었고, 보은 속리산 문장대文藏臺에 세조대왕 놀으셨으니 아니 놀지는 못하리라."

이 때 방자, 도련님의 뜻을 받아 사방 경치를 말하되,

"서울로 이를 진댄 자하문紫霞門 밖에 내달아 칠성암, 청련암, 세검정과 평양 연광정, 대동루, 모란봉, 양양의 낙선대, 보은 속리산 문장대, 안의의 수승대, 진주의 촉석루, 밀양의 영남루가 어떠한지 모르오나 전라도로 이를 진댄 태인의 피향정, 무주의 한풍루, 전주의 한벽루 좋사오나, 남원의 경처 들어보사이다. 동문 밖에 나가오면 장림 숲 선원사

사마장경:중국 전한의 문장가인 사마상여.

시중천자:시로써 천자라 할만함.

소동파:송 나라의 시인 소식.
백낙천:당 나라의 시인 백거이.

자하문:북악산과 인왕산 사이에 있는 성문.

좋사옵고 서문 밖 나가시면 관왕묘關王廟는 천고 영웅 엄한 위풍 어제 오늘 같사옵고, 남문 밖에 나가오면 광한루廣寒樓, 오작교, 영주각瀛州閣이 좋사옵고, 북문 밖에 나가오면 푸른 하늘에 금부용金芙蓉이 빼어나 괴팍하게 우뚝 섰으니 기암奇巖 둥실 교룡산성蛟龍山城 좋사오니 처분대로 가사이다."

도련님이 이르는 말씀이,

"이 애야, 네 말을 들어보니까 광한루와 오작교가 절경인 모양이로구나, 그리로 구경 가자."

도련님의 거동 보소. 사또 앞에 들어가서 공손히 말씀하시기를,

"오늘 날씨 화창 하오니 잠깐 나가 풍월이나 읊겠사오며 시의 운韻이나 생각하고자 하오니, 성이나 한바퀴 돌아보고 오겠나이다."

사또 매우 기뻐하며 허락하시고 말씀하시되,

"남쪽 고을 풍물을 구경하고 돌아오되 시제詩題를 생각하여라."

도련님 대답하기를,

"아버님 가르치시는 대로 하오리다."

물러나와,

"방자야, 나귀 안장 지워라."

관왕묘:관우의 영정을 모신 사당.

광한루:남원에 있는 누각.
영주각:광한루 옆에 있는 누각.
금부용:햇빛에 비치는 수려하고 높은 산.
교룡산성:남원 북쪽에 있는 옛 산성.

방자가 분부 듣고 나귀의 안장 얹는다. 나귀의 안
장을 얹을 때 붉은 실로 만든 굴레와 좋은 채찍과
좋은 안장, 아름다운 언치, 황금으로 만든 좋은 굴
레, 청홍사靑紅絲 고운 굴레며 주락상모珠絡象毛를 덥석
달아 칭칭 다래, 은잎 등자, 호피 도담의 전후걸이
줄방울을 염불법사念佛法師 염주 매듯 하여 놓고는,
"나귀 등대하였소."

도련님 거동 보소. 옥안선풍玉顔仙風 고운 얼굴, 전
판剪板 같은 채 머리 곱게 빗어 밀기름에 잠재워 궁
초댕기 석황石黃 물려 맵시 있게 잡아 땋고, 성천수
주成川水紬 접동베 세백저細白苧 상침上針 바지, 아주 가
는 무명 겹버선에, 남갑사藍甲絲 대님 치고, 육사단六
紗緞 겹배자 밀화密花 단추 달아 입고, 통행전을 무릎
아래 늦추 매고, 영초단 허리띠, 모초단 도리낭, 당
팔사唐八絲 갖은 매듭, 고를 내어 늦추 매고, 쌍문초
긴 동정, 중치막 도포 받쳐 흑사黑絲 띠를 가슴 위로
눌러 매고 육분 당혜 끄을면서,
"나귀를 붙들어라!"

등자 딛고 선뜻 올라 뒤를 싸고 나오실 제, 통인通
人 금물 올린 호당선으로 햇빛을 가리우고, 관도官道
성남 넓은 길에 생기 있게 나갈 제, 취하여 양주楊州

언치 : 말의 등에 덮어주
는 방석이나 담요 따위.
청홍사 : 푸른 빛과 붉은
빛의 명주실.
주락상모 : 말의 갈기를
모숨모숨 땋고 붉은 줄
을 드리어 그 끝에 붉은
털로 넓적하게 술과 비
슷이 만들어 낸 것.
다래 : 말다래의 준말로
말의 배 양쪽에 달아서
흙이 튀는 것을 막는
기구.
등자 : 안장의 양쪽에 달
려 말을 탈 때 두 발을
디디게 하는 기구.
호피 도담 : 호랑이 가죽
으로 만든 도담.
전판 : 종이 등을 자를
때 밑에 대는 판.
궁초댕기 : 비단의 한가
지인 궁초로 만든 댕기.
석황 : 천연으로 나는 비
소의 화합물.
성천수주 : 성천 지방에
서 나는 좋은 비단.
세백저 : 올이 가는 흰
모시.

에 오던 두목지^{杜牧之}의 풍채런가. 시시오불^{時時誤佛}하던 주랑^{州郎}의 고음^{顧音}이라, 향가자맥봉선내^{香街紫陌鳳城內}(번성한 봉황성 안 거리 가득한 사람)요 만성견자수불애^{滿城見者誰不愛}(그 누가 부러워하지 않겠는가)라.

광한루에 얼른 올라 사면을 살펴 보니 경치가 장히 좋다. 적성^{赤城} 아침 날의 늦은 안개 끼어 있고, 녹수^{綠樹}에 저문 봄은 화류동풍^{花柳東風} 둘러 있다(당나라 시인 왕발의 시 「임고대^{臨高臺}」를 인용한 것임). 자각단루분조요^{紫閣丹樓粉照耀}(울긋불긋한 누각은 환히 빛나고) 벽방금전상영롱^{壁房金殿相玲瓏}(금빛 찬란한 전각은 영롱하여—시 「임고대」의 일절임)은 임고대를 이르는 것이고, 요헌기루하최외^{瑤軒綺樓何崔嵬}(구슬과 비단처럼 아름다운 집은 어찌 그리 높은가—역시 시 「임고대」의 일절임)는 광한루를 이르는 것이라. 악양루^{岳陽樓} 고소대^{姑蘇臺}와 오초의 동남수^{東南水}는 동정호^{洞庭湖}로 흘러가고 연자^{燕子} 서북의 풀이 우거진 얕은 못이 완연한데 또 한 곳 바라보니 흰꽃과 붉은 꽃이 난만한 속에서 앵무 공작이 날아들고 산천 경개 둘러보니, 에굽은 반송솔 떡갈잎은 아주 춘풍을 못이기어 흐늘흐늘 폭포 유수^{流水} 시냇가의 계변화^{溪邊花}는 방긋방긋, 낙락장송은 울창하고 녹음과 향기로운 잡초가 봄꽃보다 나을 때로구나. 계수나무, 자단紫壇, 모란, 벽도碧桃에 취한 산색, 장천 요천에 풍덩실 잠기어 있고, 또 한 곳 바라보니 어떠한 미인이 봉鳳새 울음 한가지로 온갖 춘정春情 이기지 못해 두견화 질끈 꺾어 머리에도 꽂아보며, 함박꽃도 질끈 꺾어 입에 담쑥 물어 보고, 곱게 수놓은 비단 적삼 반만 걷고 청산유수 맑은 물에 손도 씻고 발도 씻고 물 머금어 양치하며 조약돌 덥석 쥐어 버들가지의 꾀꼬리를 희롱하니, 꾀꼬리를 깨워 일으킨다(당 나라 시인 김창서의 「춘원春怨」이라는 시의 한 구절임)는 옛 시가 이 아니냐. 버들잎도 주루룩 훑어 물에 훨훨 띄워 보고, 백설 같은 흰 나비와 수펄, 암나비는 꽃 수염 물고 너울너울 춤을 추며 황금 같은 꾀꼬리는 숲숲이 날아든다.

　광한루 진경珍景 좋거니와 오작교가 더욱 좋아 바야흐로 호남의 제일성이로다. 오작교가 분명하면 견우 직녀 어디 있나? 이런 승지勝地에 풍월이 없을소냐. 도련님이 글 두 귀를 지었으되,

고명오작선高明烏鵲船이요
광한옥계루廣寒玉階樓라

가지.
통인:지방관청에 딸려 잔심부름을 하던 사람.
호당선:중국에서 만든 부채.
시시오불:주유가 돌아 볼 수 있도록 일부러 곡조를 잘못 연주함.
주랑:중국 삼국시대 오나라의 명장인 주유를 말함.
고음:음을 돌아봄.
악양루:중국 호남성에 있는 누각 이름.
고소대:중국 춘추시대 부차가 쌓은 것이라고 전해지는 대 이름.
오초:오와 초 지방.
동정호:중국 호남성 북쪽에 있는 넓은 호수.
연자:중국에 있는 누각 이름.
요천:남원 교외의 강이름.
반송솔:소나무 이름.

차문천상수직녀借問天上誰織女요
지홍금일아견우至興今日我牽牛라
(높고 밝은 오작의 배에
광한루 옥섬돌 고운 누각이라
감히 묻노라, 하늘의 직녀는 누구냐
지극히 흥겨운 오늘 내가 바로 견우일세)

이 때 내아內衙에서 잡술상이 나오거늘 한 잔 술   내아:지방 관청의 안채.
먹은 후에 통인 방자에게 물려 주고 취흥이 도도하
여 담배 피워 입에다 물고 이리저리 거닐 적에 경
치 좋은 곳에 흥에 겨워 충청도 고마 수영水營의 보
련암寶蓮庵을 자랑한댔자 이곳 경치를 당할소냐. 붉
은 단丹, 푸를 청靑, 흰 백白, 붉을 홍紅, 고을고을이
단청丹靑 버드나무 꾀꼬리가 짝 부르는 소리는 내
춘흥을 도와준다. 노랑벌 흰나비 황나비도 향기 찾
는 거동이라. 날아가고 날아오니 봄의 성안이요,
영주瀛州는 바야흐로 봉래산蓬萊山이 눈 아래 가까우   영주:신선이 산다는 곳.
니, 물을 보니 은하수요, 경치는 잠깐 천상 옥경玉京   봉래산:신선이 산다는
                                                     곳.
이라. 옥경이 분명하면 월궁月宮의 항아姮娥가 없을소   항아:달에 산다는 미인.
냐.
　이 때는 삼월이라 일렀으되 오월 단오일이렷다.

일 년 가운데 제일 좋은 시절이라. 이 때 월매 딸 춘향이도 또한 시서음률詩書音律에 능통하니, 천중절을 모를소냐. 그네를 뛰려고 향단이를 앞세우고, 내려올 제 난초같이 고운 머리, 두 귀를 눌러 곱게 땋아 금비녀를 바로 꽂고 비단치마 두른 허리 다 피지 아니한 버들들이 힘없이 드리운 듯 아름답고, 고운 태도로 아장 걸어 흘늘 걸어 가만가만 나올 적에 장림長林 속으로 들어가니, 녹음방초 우거져 금잔디 좌르륵 깔린 곳에 황금 같은 꾀꼬리는 쌍쌍이 오고 가며 날아들 때, 무성한 버들 백 자 길이로 높이 매고 그네를 뛰려 할 제, 수화유문水禾有文 초록 장옷, 남방사藍紡絲 홑치마 훨훨 벗어 걸어두고 자주영초 수당혜를 썩썩 벗어 던져두고, 백방사白紡絲 진솔속곳 턱 밑에 훨씬 추켜올리고 연숙마練熟麻 그넷줄은 섬섬옥수 넌지시 들어 두손에 갈라 잡고, 백릉白綾 버선 두 발길로 살짝 올라 발구를 제, 세버들 같은 고운 몸이 단정히 노니는데 뒤 단장 옥玉비녀 은죽절銀竹節과 앞치레 볼것 같으면 밀화장도蜜花粧刀 옥장도玉粧刀며 광원사光原絲 겹저고리 제색 고름의 모양이 난다.

"향단아, 밀어라!"

수화유문:수화주에 무늬가 있는 비단.
장옷:부녀자가 나들이 할 때에 머리에 써서 몸을 가리던 옷.
남방사:남빛 누에고치의 실을 켜서 짠 명주.
자주영초:자주빛의 영초단.
수당혜:아름답게 수놓은 당혜.
백방사:흰색 비단.
진솔속곳:새 속곳.
연숙마:잿물에 담갔다가 솥에 찐 삼껍질.
백릉:흰 비단.

한 번 굴러 힘을 주며 두 번 굴러 힘을 주니 발밑의 가는 티끌 바람따라 펄펄, 앞뒤 점점 멀어가니 머리 위의 나뭇잎은 몸을 따라 흔들흔들 오고 갈제 살펴보니 녹음 속의 붉은 치맛자락이 바람결에 내비치니, 한없이 높고 넓은 하늘에 떠 있는 흰구름 속에 번갯불이 비치는 듯 바라보면 앞에 있다가 갑자기 다시 뒤에 있네. 앞으로 얼른 하는 양은 가벼운 저 제비가 복사꽃 한 잎 떨어질 제 찾으려 하고 쫓아가듯, 뒤로 번듯 하는 양은 광풍에 놀란 나비 짝을 잃고 날아가다 돌 치는 듯, 무산선녀巫山仙女 구름 타고 양대陽臺 위에 내리는 듯, 나뭇잎도 물어 보고 꽃도 질끈 꺾어 머리에다 실근실근,

"이 애 향단아! 그네 바람이 독해서 정신이 어질어질하다. 그넷줄 붙들어라."

붙들려고 무수히 앞으로 나가며 뒤로 나가며 한창 이렇게 노닐 적에, 시냇가 반석磐石 위에 옥비녀 떨어져 쟁쟁하고,

"비녀, 비녀."

하는 소리, 산호채를 들어 옥반玉盤을 깨치는 듯, 태도 그 형용은 세상 인물이 아니로다.

제비는 봄 내내 날아오고 날아간다. 이도령 마음

세버들:가지가 몹시 가는 버드나무.
은죽절:은으로 대마디 모양으로 만든 머리 장식.
밀화장도:밀화로 장식한 장도.
광원사:윤기 나는 가공하지 않은 실.

무산선녀:중국 초 나라 희왕이 만났다는 선녀.

산호채:산호로 만든 머리꽂이.
옥반:옥으로 만든 쟁반 모양의 그릇.

이 울적하고 정신이 아찔하여 별 생각이 다 나것
다. 혼잣말로 중얼거리며,

"오호五湖에 편주扁舟를 타고 범소백范小伯을 쫓았으
니, 서시西施도 올 리 없고, 해성垓城 달밤에 슬픈 노
래로 초패왕楚覇王을 이별하던 우미인虞美人도 올 리
없고, 단봉궐丹鳳闕 하직하고 백룡퇴白龍堆로 간 연후
에 유독 푸른 무덤만 남았으니 왕소군王昭君도 올 리
없고, 장신궁長信宮 깊이 닫고, 백두음白頭吟을 읊었으
니 반첩여班婕妤도 올 리 없고, 소양궁昭陽宮 아침 날에
시중들고 돌아오니 조비연趙飛燕도 올 리 없다. 낙포
洛浦의 선녀란 말인가 무산巫山의 선녀란 말인가."

도련님은 혼이 중천에 날아다녀 한몸이 고단하
다. 진실로 장가 가지 않은 총각이었음을 어이하
랴.

"통인아!"
"예!"
"저 건너 화류花柳 중에 오락가락 희뜩희뜩 어른
어른하는 게 무엇인지 자세히 보고 오너라."

통인이 살펴보고 여쭈오되,

"다른 무엇이 아니오라, 이 고을 기생이던 월매
의 딸 춘향이란 계집아이로소이다."

편주:작은 배.
범소백:오 나라를 멸망
시키고 서시와 오호에
서 사라진 사람.
해성:초패왕 항우가 한
고조 유방의 군사에게
패한 곳.
초패왕:진 나라를 쳐서
멸망시키고 스스로 서
초의 패왕이라 함.
우미인:초패왕 항우가
몹시 사랑하던 여자. 항
우가 패한 후 함께 오강
에 빠져 죽었다 함.
단봉궐:중국 한 나라
시대의 궁궐 이름.
백룡퇴:중국 신장성에
있는 사막 이름.
왕소군:한 나라 원제 때
의 궁녀로 미인이었음.
흉노의 추장에게 시집
가 그곳에서 죽음.
장신궁:한 나라 시대의
궁전 이름.
반첩여:한 나라 원제의
후비.
소양궁:한 나라 시대의
궁전 이름.

도련님이 엉겁결에 하는 말이,

"장히 좋다. 훌륭하다."

통인이 말하기를,

"제 어미는 기생이오나 춘향이는 도도하여 기생 구실 마다 하고 온갖 종류의 꽃과 풀잎에 글자도 생각하고 바느질이나 길쌈 등 여자가 갖추어야 하는 일과 재능이며 문장을 다 갖추어 여염집 처자와 다름이 없나이다."

도령이 허허 웃고 방자를 불러서 분부하기를,

"들은 즉 기생의 딸이라니 급히 가 불러오라."

방자놈이 여쭈옵기를,

"흰 눈 같은 살결에 꽃 같은 얼굴이 남방南方에 유명키로 방方, 첨사僉使, 병부사兵府使와 군수郡守, 현감縣監, 관장官長님네 엄지발가락이 두 뼘 가웃씩 되는 양반 오입쟁이들도 무수히 보려하되, 장강莊姜의 색과 임사任姒의 덕행德行이며, 이두李杜의 문필이며, 태사太姒의 화순和順하는 마음과 이비二妃의 정절貞節을 품었으니, 금천하지절색今天下之絶色이요, 만고여중군자萬古女中君子이오니 황공하온 말씀으로 함부로 다루기 어렵습니다."

도령이 크게 웃고,

"방자야, 네가 물건이란 각각 주인이 있음을 모르느냐? 형산荊山의 백옥白玉과 여수瀘水의 황금이 임자가 각각 있느니라. 잔말 말고 불러 오라."

방자 분부를 듣고 춘향 부르러 건너갈 제, 맵시 있는 방자 녀석 서왕모西王母 요지瑤池의 잔치에 편지 전하던 청조靑鳥같이 이리저리 건너가서,

"여봐라, 이 애 춘향아."

하고 부르는 소리에 춘향이 깜짝 놀라,

"무슨 소리를 그 따위로 질러 사람의 정신을 놀라게 하느냐."

"이 애야 말 말아라, 일이 났다."

"일이라니 무슨 일?"

"사또 자제 도련님이 광한루에 오셨다가 너 노는 모양 보고 불러오란 영이 났다."

춘향이 화를 내어,

"네가 미친 자식이로다. 도련님이 어찌 나를 알아서 부른단 말이냐? 이 자식 네가 내 말을 종달새가 열씨 까듯 하였나보다."

"아니다. 내가 네 말을 할 리 없으되, 네가 그르지 내가 그르냐? 너 그른 내력을 들어 보아라. 계집아이 행실로 그네를 탈 양이면 네 집 후원 담장 안

가장 아름다운 미인.
만고여중군자:덕이 높은 여자.
여수:중국 운남에 있는 강. 금사강.
서왕모:옛날 전설상의 선녀. 주나라 목왕穆王과 요지에서 잔치를 했다 하며 그곳에 선도仙桃가 있다 함.
요지:중국 주목왕이 서왕모와 만났다는 선경仙境.
청조:푸른 빛깔의 새. 또는 파랑새.

열씨:삼의 씨.

에 줄을 매고, 남이 알까 모를까 은근히 매고 그네를 타는 게 도리에 당연하다. 광한루 멀지 않고 또한 이곳을 논할 진대 녹음방초승화시綠陰芳草勝花時라, 방초는 푸르른데 버들은 초록장草綠帳 두르고 뒷내의 버들은 유록장柳綠帳 둘러 한 가지 늘어지고, 또한 가지 펑퍼져 광풍이 겨워 흐늘흐늘 춤을 추는데, 광한루 구경처求景處에 그네를 매고 네가 뛸 제 외씨 같은 두 발길로 흰 구름 사이에 노닐 적에 붉은 치맛자락이 펄펄, 백방사白紡絲 속곳 갈래 동남풍에 펄렁펄렁 박속 같은 네 살결이 흰 구름 사이에 희뜩희뜩, 도련님이 보시고 너를 부르실 제 내가 무슨 말을 한단 말이냐. 잔말 말고 건너 가자."

춘향이 대답하기를,

"네 말이 당연하나 오늘이 단오일이라. 비단 나뿐이랴. 다른 집 처자들도 예서 함께 그네를 탔으며, 그럴 뿐 아니라, 또 설혹 내 말을 할지라도 내가 지금 시사時仕에 있는 바도 아니거늘 여염집 사람을 함부로 부를 리도 없고, 부른데도 갈 리도 없다. 당초에 네가 말을 잘못 들은 모양이다."

방자 속마음에 성가시어 광한루로 다시 돌아와 도련님께 여쭈오니 도련님 그 말 듣고,

초록장 : 초록색 장막.

시사 : 아전이나 기생 등이 그 매인 관아에서 맡은 일을 하는 것.

"기특한 사람이로다. 말은 옳지만 다시 가서 말을 하되 이리이리 하여라."

방자 전갈 모아 춘향에게 건너가니 그 사이에 제 집으로 돌아갔거늘, 저의 집을 찾아가니 모녀간母女間 마주 앉아 점심이 한창이라.

방자 들어가니,

"너 왜 또 오느냐?"

"황송하다, 도련님이 다시 전갈하시더라. '내가 너를 기생으로 아는 것이 아니라. 들으니 네가 글을 잘 한다기로 청하는 것이니, 여염집에 있는 처녀 불러 보는 것이 소문에 괴이하기는 하나, 혐의嫌疑로 알지 말고 잠깐 와 다녀가라.' 하시더라."

혐의:미심쩍음.

춘향의 도량度量한 뜻 연분緣分되려고 그랬던지, 홀연히 생각하니 갈 마음이 나되 모친의 뜻을 몰라 묵묵히 한참이나 말 않고 앉았더니, 춘향 모 썩 나앉으며 정신 없이 말하되,

도량:사물을 너그럽게 받아들여 처리하는 품성.

"꿈이라 하는 것이 전혀 허사가 아닌 모양이로다. 간밤에 꿈을 꾸니 난데없는 청룡 한 마리 벽도못에 잠겨 보이기에 무슨 좋은 일이 있을까 하였더니, 우연한 일이 아니로다. 또한 들으니 사또 자제 도련님이 이름이 몽룡이라 하니, 꿈 몽자夢字 용 룡

자龍字 신통하게 맞추었다. 그러나 저러나 양반이 부르시는데 아니 갈 수 있느냐. 잠깐 가서 다녀오너라."

춘향이 그제야 못 이기는 체하고 겨우 일어나 광한루로 건너갈 제 대명전大明殿 대들보에 명매기 걸음으로, 양지陽地 마당의 씨암탉 걸음으로, 백모래밭에 금자라 걸음으로, 월태화용月態花容 고운 태도 완보緩步로 건너갈 제, 흐늘흐늘 월越 나라의 서시西施가 토성습보土城習步하던 걸음으로 흐늘거려 건너올 제, 도련님 난간에 절반만 비껴 서서 폈다 굽혔다 하며 바라보니 춘향이가 건너오는데, 광한루에 가까와진지라, 도련님 좋아라 하고 자세히 살펴보니, 요요정정妖妖亭亭하여 월태화용이 세상에 무쌍하고, 얼굴이 조촐하니 청강淸江에 노는 학이 설월雪月에 비친 것 같고, 붉은 입술과 흰 이가 반쯤 열리니 별 같기도 하고 구슬 같기도 하다. 연지를 품은 듯 아래 위로 고운 맵시 어린 안개 석양에 비치는 듯, 푸른 치마 아롱지니 무늬는 은하수 물결과 같다. 연보蓮步를 정히 옮겨 천연히 누각에 올라 부끄러이 서 있거늘 통인 불러,

"앉으라고 일러라."

대명전:궁궐 이름.

월태화용:아름다운 맵시와 얼굴.
완보:천천히 걷는 걸음.
토성습보:춘추 때 월나라의 미인 서시를 오나라의 부차에게 바치면서 토성에서 춤과 노래를 익히게 했다 함.

요요정정:아름답고 단정한 모습.

연보:미인의 걸음걸이.

천연히:생긴대로 조작이나 거짓 없이 자연스러움.

춘향이 고운 태도 얼굴을 단정히 하여 앉은 모습 자세히 살펴보니 허연 바다 물결 위에 새로 비가 내린 뒤에 목욕하고 앉은 제비가 사람을 보고 놀라는 듯, 별로 단장한 일 없이 천연한 국색國色이라. 옥안玉顔을 상대하니 구름 사이의 명월과 같고, 붉은 입술을 반쯤 여니 물 가운데의 연꽃 같다. 신선은 내 알 수 없으나 영주瀛州에서 놀던 선녀가 남원에 귀양 와서 사니, 월궁月宮에 모여 놀던 선녀가 벗한 사람을 잃었구나. 네 얼굴 네 태도는 세상 인물이 아니로다. 이 때 춘향이 추파秋波를 잠깐 들어 이 도령을 살펴보니, 이 세상의 호걸이요 진세塵世의 기남자奇男子라. 이마가 높았으니 소년 공명 할 것이요, 이마와 턱과 코와 좌우의 광대가 조화를 이루었으니 나라를 돕는 충신이 될 것이니, 마음에 흠모하여 아미蛾眉를 숙이고 무릎을 여미며 단정히 앉을 뿐이로다.

이도령이 입을 열어,

"성현聖賢도 성이 같으면 장가 가지 않는다 하였으니, 네 성은 무엇이며 나이는 몇 살이뇨."

"성은 성成가옵고 나이는 열여섯이로소이다."

이도령 거동 보소.

국색:나라 안의 첫째 가는 미인.
옥안:아름다운 얼굴.

월궁:달 속에 있다는 궁전.

추파:사랑의 정을 담은 눈짓.
진세:인간 세상.
기남자:뛰어난 사내.

아미:미인의 눈썹.

"허허, 그 말 반갑구나. 네 나이 들어보니 나와 동갑 이팔이요, 성씨를 들어보니 나와 하늘이 정한 연분 분명하고나. 이성지합二姓之合 좋은 연분 평생 동락平生同樂하여 보자, 너의 부모 다 계시냐?"

"편모 슬하로소이다."

"몇 형제나 되느냐?"

"육십 당년當年 나의 모친 무남독녀無男獨女, 나 하나요."

"너도 남의 집 귀한 딸이로구나. 하늘이 정하신 연분으로 우리 둘이 만났으니, 만년락萬年樂을 이뤄 보자."

춘향이 거동 보소. 눈썹을 쭝그리며 붉은 입을 반쯤 열어, 가는 목쪽을 겨우 열고 구슬 같은 목소리로 여쭈기를,

"충신은 두 임금을 섬기지 아니하고 열녀는 두 지아비를 바꾸지 않는다는데, 도련님은 귀공자요 소녀는 천첩賤妾이오라. 한 번 정을 준 연후에 인하여 버리시면 일편단심一片丹心 이내 마음 독수공방獨守空房 홀로 누워 우는 한恨은 이내 신세 내 아니면 누가 알랴, 그런 분부 다시는 마옵소서."

이도령 이른 말이,

"네 말을 들어보니 어이 아니 기특하랴. 우리 둘이 인연 맺을 때 금석뇌약金石牢約 맺으리라. 네 집이 어드메냐?"

춘향이 여쭈오되,

"방자 불러 물으소서."

이도령 허허 웃고,

"내 너더러 묻는 말이 허황하고나. 방자야!"

"예!"

"춘향의 집을 네 일러라."

방자 손을 넌지시 들어 가리키는데,

"저기 저 건너, 동산은 울울하고 연못은 청정한데, 양어생풍養漁生風하고 그 가운데 기화요초琪花瑤草 난만爛漫하여 나무 나무에 앉은 새는 호사豪奢를 자랑하고, 바위 위의 굽은 솔은 청풍이 건듯 부니 늙은 용이 꿈틀거리는 듯, 집 앞의 버드나무 유사무사양류지有絲無絲楊柳枝요, 들쭉 측백 전나무며, 그 가운데 은행나무는 음양陰陽을 좇아 마주 서고, 초당草堂 문앞에 오동, 대추나무, 깊은 산중 물푸레나무, 포도, 다래, 으름덩굴 휘휘친친 감겨 단장短墻 밖에 우뚝 솟았는데 송정松亭 죽림竹林 두 사이로 은은히 보이는 것이 춘향의 집이오이다."

금석뇌약:쇠나 돌처럼 굳은 약속.

양어생풍:물고기를 길러 고기가 뛰놀고 있음.
기화요초:선경에 있다는 아름다운 꽃과 풀.
호사:대단한 사치.
유사무사양류지:늘어진 버들가지가 있는 것과 없는 것.

단장:나지막한 담.

송정:소나무 정자.

도련님 이른 말이,

"장원墻苑이 정결하고 송죽松竹이 울밀鬱密하니 여자
의 절개 행실을 가히 알만하고나."

장원:담.
울밀:빽빽함.

춘향이 일어나며 부끄러이 말하기를,

"세상 사람들의 마음 씀씀이가 고약하니 그만 놀
고 가겠나이다."

도련님 그 말 듣고,

"기특하다. 그럴 듯한 일이로다. 오늘 밤 퇴령退令
후에 너의 집에 갈 것이니 괄시나 부디 마라."

퇴령:지방 관아에서 이
속들을 퇴근시키는 일.

춘향이 대답 하되,

"나는 몰라요."

"네가 모르면 쓰겠느냐. 잘 가거라. 오늘밤에 상
봉하자."

누각에서 내려 건너가니 춘향 모 마주 나와,

"애고 내 딸 이제 다녀오냐. 그래 도련님이 무엇
이라 하시더냐?"

"무엇이라 하여요. 조금 앉았다가 가겠노라 하고
일어나니, 오늘 밤에 우리 집에 오시마 하옵데다."

"그래 어찌 대답하였느냐?"

"모른다 하였지요."

"잘하였다."

이 때 도련님이 춘향을 급히 보낸 후에 잊을 수 없는 생각 둘 데가 없어 책방으로 돌아와 만사^{萬事}에 뜻이 없고 다만 생각은 춘향뿐이라. 말소리 귀에 쟁쟁하고 고운 태도 눈에 삼삼하여 해 지기만 기다리는데 방자를 불러,

"해가 어느 때나 되었느냐?"

"동쪽에 이제 아귀 트나이다."

도련님이 크게 노하여,

"이놈 괘씸한 놈, 서쪽으로 지는 해가 동으로 도로 가랴. 다시금 살펴보아라."

이윽고 방자 여쭈오대,

"해는 함지^{咸池}에 떨어져 황혼이 되고 달은 동령^{東嶺}에 솟사옵니다."

저녁밥이 맛이 없어 전전반측^{轉轉反側}어이하리. 퇴령을 기다리기로 하고 서책을 보려할 제, 책상을 앞에 놓고 서책을 읽어가는데 『중용^{中庸}』, 『대학^{大學}』, 『논어^{論語}』, 『맹자^{孟子}』, 『시전^{詩傳}』, 『서전^{書傳}』, 『주역^{周易}』이며, 『고문진보^{古文眞寶}』, 『통지^{通志}』 · 『사략^{史略}』과 이백과 두보의 시, 『천자문^{千字文}』까지 내어놓고 글을 읽는데 『시전』이라.

"관관저구^{關關雎鳩}(서로 소리를 바꾸어 우는 정경이)

책방:고을 원의 자식들이 책을 읽던 방.

함지:해가 목욕한다고 하는 하늘에 있는 못.
동령:동쪽 고갯마루.
전전반측:생각이 많아 이리 뒤척 저리 뒤척 잠을 이루지 못함.
『시전』:시경을 주석한 책.
『서전』:서경을 주석한 책.
『통지』:역사책 이름.
『사략』:역사책 이름.

재하지주在河之州요(새는 물가에서 노니는도다), 요조숙녀窈窕淑女는 군자호구君子好逑로다(군자의 좋은 짝이로다). 아서라, 그 글도 못 읽겠구나."

『대학』을 읽을새,

"대학지도大學之道는 재명명덕在明明德하며(명덕을 밝히는 데 있으며) 재신민在新民하며(백성을 가까이 하는 데 있으며) 재춘향在春香이로다. 그 글도 못 읽겠다."

『주역』을 읽는데,

"원元은 형亨코 정貞코(원이라는 것은 형하기도 하고 정하기도 하고) 춘향이 코는 딱 댄코 좋고 하니라. 그 글도 못 읽겠다."

"등왕각藤王閣(당 나라 문인 왕발의 작품인 「등왕각서藤王閣序」의 줄인 이름)이라. 남창南昌은 고군古郡이요 홍도洪都는 신부新府로다(남창은 옛 고을이요, 홍도는 새 마을이로다). 옳다, 그 글 되었다."

『맹자』를 읽을새,

"맹자견양혜왕孟子見梁惠王하신대(맹자께서 양혜왕을 만나니) 왕왈王曰 수불원천리래叟不遠千里來 하시니(왕이 '천리를 멀다 하지 않고 오셨군요'라고 하시니) 춘향이 모시려 오시니까?"

『사략』을 읽는데,

"태고太古에 천황씨天皇氏는 이 쑥덕으로 왕王하여 세계섭제世繼攝提하니(섭제에서 시작하니) 무위이화無爲而化하여(아무것도 하지 않았는데도 교화가 이루어져) 형제 십이인이 각각 일만 팔천 세를 누리시다."

방자가 또 여짜오되,

"천황씨가 목떡木德으로 왕 노릇했다는 말은 들었으되 쑥떡으로 왕이란 말은 금시초문이오."

"이 자식 네 모른다. 천황씨는 일만 팔천 세를 살던 양반이라 이가 단단하여 목떡을 잘 자셨거니와 시속時俗의 선비들은 목떡을 먹겠느냐? 공자님께옵서 후생後生을 생각하사 명륜당明倫堂에 현몽現夢하고 '시속 선비들은 이가 부족하여 목떡 못 먹기로 물씬물씬한 쑥떡으로 치라' 하여 삼백 육십주 향교鄕校에 통문通文하고 쑥떡으로 고쳤느니라."

방자 듣다가 말하되,

"여보, 하느님이 들으시면 깜짝 놀라실 거짓말도 듣겠소."

또 「적벽부赤壁賦」(송 나라 소식이 지은 시)를 들여놓고,

"'임술지추칠월기망任戌之秋七月旣望에 소자蘇子 여객與客으로 범주여어적벽지하泛舟遊於赤壁之下할 새 청풍清

천황씨:옛날 중국 처음 임금인 삼황의 우두머리.

명륜당:성균관에 있던 곳으로 유학을 강의하던 곳.
현몽:꿈에 나타남.
향교:시골의 학교.
통문:글로 기별하여 알림.

| 35 |

風은 서래徐來하고 수파水波는 불흥不興이라(임술년 가을 7월 16일에 소동파가 나그네와 더불어 배를 띄워 적벽 아래에서 놀새 맑은 바람은 서서히 불고 물결은 일지 않더라).' 아서라, 그 글도 못 읽겠다."

『천자』를 읽을새,

"하늘 천天 따 지地."

방자 듣고,

"여보 도련님, 점잖은 분이 『천자』는 웬일이오?"

"『천자』라 하는 글이 칠서七書의 본문이라. 양梁 나라 주흥사周興嗣가 하룻밤에 이 글을 짓고 머리가 희였기로 책 이름을 백수문白首文이라 하니라. 낱낱이 새겨보면 뼈똥 쌀 일이 많으니라."

"소인놈도 천자 속은 아옵니다."

"네가 알더란 말이냐?"

"알다 뿐이겠소."

"안다 하니 읽어보라."

"예 들으시오. 높고 높은 하늘 천, 깊고 깊은 따지, 홰홰친친 가물 현玄, 불타졌다 누룰 황黃."

"예 이놈, 상놈은 꼭 그러하다. 이놈 어디서 장타령하는 놈의 말을 들었구나. 내 읽을 테니 들어 보아라."

칠서:사서와 삼경.

주흥사:양 나라의 학자로 『천자문』을 하룻밤 사이에 짓느라 머리가 백발이 되었다 함.

"천개자시생천天開子時生天하니(하늘이 자시에 열려 하늘을 나으니) 태극이 광대 하늘 천天, 지벽어축시地闢於丑時하니(땅이 축시에 개벽하니) 오행五行과 팔괘로 따 지地, 삼십삼천三十三天 공부공空復空의 인심지시人心指示 검을 현玄, 이십팔수二十八宿, 금목수화토의 정색正色 누를 황黃, 우주일월중화宇宙日月重華하니(우주에 해와 달이 거듭 빛나니) 옥우쟁영玉宇山爭山嶸 집 우宇, 연대국도年代國都 홍성쇠興盛衰, 옛은 가고 이제는 오니 집 주宙, 우치홍수禹治洪水 기자箕子 초에 홍범구주洪範九疇 넓을 홍洪, 삼황오제三皇五帝 붕崩하신 후 난신적자亂臣賊子 거칠 황荒 동방이 장차 계명啓明키로 고고천변杲杲天邊 일륜홍日輪紅 번듯 솟아 날 일日, 억조창생億兆蒼生 격양가擊壤歌에 강구연월康衢烟月의 달 월月, 한심寒心 미월微月 때때로 불어나 삼오일야三五日夜에 찰 영盈, 세상만사 생각하니 달빛과 같은지라 십오야 밝은 달이 기망旣望부터 기울 측仄, 이십팔수 하도河圖 낙서洛書 버린 법, 일월성신 별 진辰, 가련금야숙창가可憐今夜宿娼家라(가련하다, 오늘 밤은 창기의 집에서 자도다—왕발의 시「임고대」에 나온 구절) 원앙금침鴛鴦衾枕의 잘 숙宿, 절대가인 좋은 풍류 나열춘추羅列春秋의 벌일 열列, 의의월색야삼경依依月色夜三更(희미한 달빛이

오행:금·목·수·화·토.
팔괘:주역의 여덟 괘.
삼십삼천:불교에서 말하는 도리천으로 욕계欲界의 제이천第二天임.
공부공:비고 비었음.
이십팔수:고대 천문학에서 동서남북에 각 7개씩 나눈 28개의 별자리.
옥우쟁영:임금이 거처하는 곳의 높은 모양.
우치홍수:우임금이 홍수를 다스림.
홍범구주:기자가 지어주 나라 무왕에게 바쳤다는 천하를 다스리는 아홉 가지의 큰 법.
삼황오제:중국 고대의 전설상의 제왕들.
고고천변:밝고 밝은 하늘 가.
일륜홍:둥근 해.
억조창생:수많은 백성.
강구연월:태평한 세월.
한심:마음이 선뜩함.
미월:초생달.

비치는 깊은 밤)의 만단정회^{萬端情懷} 베풀 장^張, 금일한풍소소래^{今日寒風蕭蕭來}하니(오늘 찬 바람이 소슬히 불어오니) 침실에 들어라 찰 한^寒, 베개가 높거던 내 팔을 베러 이만큼 오너라 올 래^來, 에라 후리쳐 질끈 안고 임의 품에 드니 설한풍에도 더울 서^暑, 침실이 덮거던 음풍^{陰風}을 취하여 이리저리 갈 왕^往, 불한불열^{不寒不熱} 어느 때냐 엽락오동^{葉落梧桐} 가을 추^秋, 백발이 장차 우거지니 소년풍도를 거둘 수^收, 낙목한풍^{落木寒風} 찬바람 백운강산에 겨울 동^冬, 오매불망^{寤寐不忘} (자나 깨나 잊지 못함) 규중심처^{閨中深處}에 감출 장^藏, 부용작야세우중^{芙蓉昨夜細雨中}(지난밤의 가는 빗속)에 광윤유태^{光潤有態}(윤기 있는 모습이 됨) 불을 윤^潤, 이러한 고운 태도 평생을 보고도 남을 여^餘, 백년기약 깊은 맹세 만경창파^{萬頃蒼波} 이룰 성^成, 이리저리 노닐 적에 부지세월^{不知歲月}(세월이 흐름을 알지 못함) 해 세^歲, 조강지처불하당^{糟糠之妻不下堂}(함께 고생한 아내는 내쫓지 않음) 아내 박대 못하느니 『대전통편^{大典通編}』 법중 률^律, 군자호구^{君子好逑} 이 아니냐. 춘향 입에 내 입을 한데다 대고 쪽쪽 빠니 법중 려^呂자가 이 아니냐. 애고애고 보고지고."

하도:복희씨 때 하수에서 용마가 가지고 나온 문자를 보고 팔괘를 그린 것.
낙서:우임금 때 낙수에서 거북이 가지고 나온 글인데 홍범구주의 기초가 되었다고 함.

소리를 크게 질러 놓으니 이때 사또가 저녁 진지를 잡수시고 식곤증이 나셔서 평상에 취침하시다가,

"애고, 보고지고."

소리에 깜짝 놀라,

"이리 오너라!"

"예!"

"책방에서 누가 생침을 맞느냐. 신다리를 주물렀느냐? 알아들여라."

신다리:아픈 다리.

통인이 들어가,

"도련님 웬 목통이요? 고함 소리에 사또께서 놀라시사 엄문嚴問하라 하옵시니 어찌하오리까?"

"딱한 일이로다. 남의 집 늙은이는 이롱증耳聾症도 있건만 귀 너무 밝은 것도 예삿일 아니로구나."

엄문:비밀히 사정을 물어봄.
이롱증:귀먹는 증세.

도련님 크게 놀라,

"이대로 여쭈어라. 내가 『논어』라는 글을 읽다가, '차호嗟乎라 오로의구의吾老矣久矣라 몽불견주공夢不見周公(슬프다 나의 도가 오래된지라 꿈에 주공을 뵙지 못하였도다)' 이라는 대목을 보다가 나도 주공을 뵈오면 그리하여 볼까 하여 흥취로 소리가 높아졌으니, 너 그대로만 여쭈어라."

통인이 들어가 그대로 여쭈니 사또는 도련님에게

승벽勝癖이 있음을 크게 기꺼워 하여,

"이리 오너라! 책방에 가서 목낭청睦郎廳을 가만히 오시래라."

낭청이 들어오는데 이 양반이 어찌 고리게 생겼던지 채신머리 없는 걸음으로 조심없이 덤썩 들었던 것이라.

"사또, 그새 심심하시지요?"

"아 괜치 않네. 할 말이 있네. 우리 피차 고우故友로서 동문수업同文修業하였거니와 어릴 때 글 읽기처럼 싫은 것이 없건마는 우리 아이 시흥詩興을 보니 어이 아니 즐겁손가."

이 양반은 아는지 모르는지 하여간 대답하는 것이었다.

"아이 때 글읽기처럼 싫은 게 어디 있으리요."

"읽기가 싫으면 잠도 오고 꾀가 많아지지. 이 아이는 글읽기를 시작하면 밤낮을 가리지 않고 쓰고 한단 말이여."

"예, 그러하옵디다."

"배운 바 없어도 필재가 대단하지."

"그렇지요."

"점 하나만 툭 찍어도 고봉투석高峰投石 같고, 한

승벽:남을 이기려는 고집.

목낭청:성이 목씨인 낭청 벼슬자리의 벼슬아치.

고우:오래 사귄 벗.

동문수업:한 스승 밑에서 같이 배움.

고봉투석:한문글자의 좋은 필법.

일一을 그어 놓으면 천리진운千里陳雲이요, 갓머리는 작두첨雀頭添이요, 필법을 논할지면 풍랑뇌전風浪雷電이요, 내리그어 치는 획은 노송도괘절벽老松倒掛絶壁이라(늙은 소나무가 절벽에 걸려 있다). 창 과ﹾ로 이를 진댄 마른 등藤 넝쿨 같이 뻗어갔다가 도로 채는 데는 성낸 손의 끝 같고 기운이 부족하면 발길로 툭 차올려도 획은 획대로 되나니."

"글씨를 가만히 보면 획은 획대로 되옵니다."

"글쎄 들어보세. 저 아이 아홉 살 먹었을 제 서울 집 뜰에 늙은 매화가 있는 고로 매화 나무를 두고 글을 지으라 하였더니, 잠시만에 지었으되 정성 들인 것과 필요한 것만을 간추리는 솜씨가 대단하여 한 번 본 것은 문득 기억하였으니 묘당廟堂의 당당한 명사名士가 될 것이요, 눈을 남으로 돌리면서 북쪽을 돌아보며 『춘추』의 한 수를 읊었데그려."

"장래 정승을 하오리다."

사또 너무 감격하여,

"정승이야 어찌 바랄 것이겠나마는 내 생전에 급제는 쉬이 할 게고 급제만 쉽게 하면 육품의 벼슬에 오르는 것이야 어련하겠나."

"아니요, 그리 할 말씀이 아니오라 정승을 못하

천리진운:필법의 하나로 천리에 친 진 위의 구름처럼 하는 일.
작두첨:획의 모양이 참새 머리 같아야 한다는 말.
풍랑뇌전:풍랑이 일고 천둥과 번개가 치는 듯하다.

묘당:조정.
명사:명망 있는 선비.

면 장승**長丞**이라도 하지요."

사또가 호령하되,

"자네 뉘 말로 알고 대답을 그리 하는가?"

"대답은 하였사오나 뉘 말인지는 모릅지요."

그렇다고 하였으되 그게 다 거짓말이었다.

이 때 이도령은 퇴령 놓기를 기다리다가,

"방자야!"

"예!"

"퇴령 놓았나 보아라."

"아직 아니 놓았소."

조금 있더니,

"하인 물리라."

퇴령 소리 길게 나니,

"좋다, 좋다. 옳다, 옳다. 방자야, 등롱**燈籠**에 불
밝혀라."

통인 하나 뒤를 따라 춘향의 집으로 건너갈 제 자
취 없이 가만가만 걸으면서,

"방자야, 상방**上房**에 불 비친다. 등롱을 옆으로 감
춰라."

삼문**三門** 밖에 썩 나서니 좁은 길 사이에는 월색
이 영롱하고 꽃 사이에 푸른 버들 몇 번이나 꺾었

장승:이수를 표시하는
푯말. 위쪽에 사람의
얼굴을 새겨 십 리나
오 리마다 세움.

등롱:등불을 켜서 어두
운 곳을 밝히는 기구.

상방:관청의 우두머리
가 있던 방.

으며 닭싸움을 붙이는 소년 아이들은 밤에 청루^{靑樓}에 들어갔으니 지체말고 어서 가자. 그렁저렁 당도하니 좋은 이 밤은 죽은 듯 고요한데 가기물색^{佳期物色}이 아니냐. 가소롭다. 고기잡던 어부는 도원^{桃源}길을 모르던가. 춘향의 문전에 당도하니 인적은 드물고 월색은 삼경이더라. 뛰는 고기는 출몰하고 대접 같은 금붕어는 임을 보고 반기는 듯, 월하의 두루미도 흥에 겨워 짝을 부른다.

　이 때 춘향이 칠현금^{七絃琴} 비껴 안고 남풍시^{南風詩}를 희롱하다가 침석^{寢席}에서 졸더니, 방자가 안으로 들어가되 개가 짖을까 염려하여 자취 없이 가만가만 춘향의 방 영창^{映窓} 밑에 가만히 살짝 들어가서,

　"이애 춘향아, 잠 들었냐?"

　춘향이 깜짝 놀라,

　"네 어찌 오냐?"

　"도련님이 와 계시다."

　춘향이가 이 말을 듣고 가슴이 울렁울렁 속이 답답하여 부끄럼을 이기지 못하여 문을 열고 나오더니 건넌방에 건너가서 저의 모친을 깨우는데,

　"애고 어머니, 무슨 잠을 이다지 깊이 주무시오?"

청루:기생집.

가기물색:애인을 만나는 아름다운 시기.
도원:별천지.

칠현금:일곱 줄로 된 거문고.
남풍시:순 임금이 거문고로 노래했다는 시.
침석:잠자리에 까는 돗자리.
영창:방을 밝게 하기 위하여 낸 미닫이.

춘향의 모 잠을 깨어,

"아가, 무엇을 달라고 부르느냐?"

"누가 무엇을 달랬소?"

"그러면 어째서 불렀느냐?"

엉겁결에 하는 말이,

"도련님이 방자 모시고 오셨다오."

춘향의 모 문을 열고 방자 불러 묻는 말이

"뉘가 왔냐?"

방자 대답하되,

"사또 자제 도련님이 와 계시오."

춘향의 모 그 말을 듣고,

"향단아!"

"네."

"뒤 초당草堂에 좌석과 등촉燈燭을 신칙하여 준비하라."

당부하고 춘향 모가 나오는데 세상 사람들이 다 춘향 모를 칭송하더니 과연 그 이유가 있었다. 예로부터 사람이 외탁外託을 많이 하는 고로 춘향 같은 딸을 낳았구나. 춘향 모 나오는데 거동을 살펴보니, 반백斑白이 넘었는데 소탈한 모양이며 다정한 거동이 우뚝하며 특출하고 살결이 윤택하여 복이

초당:집의 원채 밖에 짚 따위로 지붕을 이은 집.
신칙:알아듣도록 거듭 타이름.

외탁:용모나 성격이 외 가 쪽을 닮은 것.

많게 보이더라. 점잖은 걸음으로 걸어 나오는데 가
만가만 방자가 뒤를 따라온다.

　이 때 도련님이 천천히 거닐며 뒤돌아보고 흘겨
보기도 하며 무료히 서 있을 때 방자가 여짜오되,

　"저기 오는 게 춘향 모로소이다."

　춘향의 모가 나오더니 공수拱手하고 우뚝 서며,

　"그 사이 도련님 문안이 어떠시오?"

　도련님 반만 웃고는,

　"춘향의 모친이라지…… 평안한가?"

　"예, 겨우 지냅니다. 오실 줄 진정 몰라 영접이
불민하옵니다."

　"그럴 리가 있나?"

　춘향 모 앞을 서서 인도하여 대문, 중문 다 지나
고 후원後苑을 돌아가니 해묵은 별초당別草堂에 등촉
을 밝혔는데, 버들가지 늘어져 불빛을 가린 모양이
구슬 발簾이 갈고랑이에 걸린 듯하고, 오른쪽의 벽
오동은 맑은 이슬이 뚝뚝 떨어져 학의 꿈을 놀래
주는 듯하고, 좌편에 섰는 반송솔은 청풍淸風이 건
듯 불면 늙은 용이 꿈틀거리는 듯하고, 창 앞에 심
은 파초, 따뜻한 날씨에 봉의 깃처럼 자라 속잎이
빼어나고 수심여주水心驪珠 어린 연꽃 물 밖에 겨우

공수:공손의 뜻을 나타
내기 위해 두 손을 마
주잡음.

갈고랑이:갈고리진 물
건.

수심여주:연못 중앙의
귀한 구슬.

떠서 옥로玉露를 받쳐 있고, 대접 같은 금붕어는 고기가 변해 용이 되려 하고, 때때로 물결 쳐서 출렁출렁 굼실 놀 때마다 조롱하고, 새로 나는 연잎은 받을 듯이 벌어지고, 높이 솟은 세 봉우리의 석가산石假山은 층층이 쌓였는데, 계단 아래의 학두루미는 사람을 보고 놀라 두 쭉지를 떡 벌리고 긴 다리로 징검징검 낄룩 뚜루룩 소리하며, 계화桂花 밑에 삽살개 짖는구나. 그 중에 반가운 것은 못 가운데 쌍오리는 손님 오시노라 두둥실 떠서 기다리는 모양이라.

석가산:정원 등에 돌을 모아 쌓아서 만든 산.

처마에 다다르니 그제야 춘향이 저의 모친의 영을 받들어 사창을 반쯤 열고 나오는데 그 모양을 살펴보니 뚜렷한 일륜명월一輪明月이 구름 밖에 솟았는 듯 황홀한 그 모양은 측량키 어렵도다. 부끄러이 당에 내려 천연스레 서 있는 거동은 사람의 간장을 다 녹인다. 도련님 반만 웃고 춘향더러 묻는 말이,

일륜명월:둥글고 밝은 달.

"피곤하지 아니하며 밥이나 잘 먹느냐?"

춘향이 부끄러워 대답 못하고 묵묵히 서 있거늘 춘향 모가 먼저 당에 올라 도련님을 자리로 모신 후에 차를 들여 권하고 담배 붙여 올리니, 도련님

이 받아 물고 앉았을 제 도련님 춘향의 집 오실 때
는 춘향에게 뜻이 있어 와 계시는 것이지 춘향의
세간 기물器物 구경 온 게 아니로되, 도련님의 첫 외
입인지라 밖에서는 무슨 일이 있을 듯하더니 들어
가 앉고 보니 별로이 할 말이 없고, 공연히 숨이 가
쁜 증세가 있어 오한증惡寒症이 들면서 아무리 생각
하여 보아도 할 말이 없는지라. 방 가운데를 둘러
보며 벽 위를 살펴보니 상당한 기물들이 놓여 있
다. 용장, 봉장, 가께수리 여기저기 벌여 있고 그림
을 그려 붙여 있으되, 서방 없는 춘향이요 학문하
는 계집아이가 세간과 그림이 왜 있을까마는 춘향
모가 유명한 기생이라. 그 딸을 주려고 장만한 것
이었다. 조선의 유명한 명필 글씨가 붙어 있고 그
사이에 붙인 명화名畵 다 후리쳐 던져 두고 월선도月
仙圖란 그림이 붙었으니 월선도의 제목이 다음과 같
았다. 임금님이 높이 앉아 군신君臣의 조회를 받는
그림, 청련거사淸蓮居士 이태백李太白이 황학전黃鶴殿에
꿇어앉아 『황정경黃庭經』 읽는 그림, 백옥루白玉樓 지
은 후에 이하李賀 불러 올려 상량문上樑文 짓는 그림,
칠월 칠석 오작교에서 견우직녀 만나는 그림, 광한
전廣寒殿 달밝은 밤에 약을 찧던 항아姮娥의 그림, 층

오한증:오슬오슬 춥고
쑤시는 증세.

용장:용을 새긴 옷장.
봉장:봉황을 새긴 옷장.
가께수리:화장하는 도
구를 넣는 함의 일종.

황학전:중국 호북성에
있는 누각.
『황정경』:도교의 경전.
백옥루:문인이 죽어서
올라간다고 하는 하늘
위의 높은 누각. 당 나
라 시인 이하의 고사에

층이 붙였으니 광채가 찬란하여 정신이 산만하였다. 또 한곳을 바라보니, 부춘산富春山 엄자릉嚴子陵은 간의대부諫議大夫 마다하고 흰 갈매기를 벗을 삼고 원숭이와 학으로 이웃 삼아 양구洋裘를 떨쳐 입고 추동강秋桐江 칠리탄七里灘에 낚싯줄 던진 경치를 역력히 그려 놓아 바야흐로 선경仙境이라 할 수 있고 군자의 좋은 짝이 놀 데가 바로 여기라. 춘향이 일편단심으로 일부종사一夫從事하려고 글 한 수를 지어 책상 위에 붙였으되,

대운춘풍죽帶韻春風竹이요
분향야독서焚香夜讀書라

(시를 짓노니 봄바람의 대나무요
향불을 피워 밤에 책을 읽도다)

"기특하다, 이 글 뜻은 목란木蘭의 절개로다."
이렇듯 칭찬할 때 춘향 모 말하기를,
"귀중하신 도련님이 변변찮은 집에 와 주시니 황공하고 감격하옵니다."
도련님 그 말 한 마디에 말 구멍이 열렸다.
"그럴 리가 왜 있는가. 우연히 광한루에서 춘향

서 나온 말.
상량문:집을 지을 때 기둥에 보를 얹고 그 위에 마룻대를 올리는 일을 축복하는 글.
광한전:달의 궁전.
엄자릉:중국 후한 광무제의 친구. 광무제가 불러서 간의대부에 임명했으나 사양하고 부춘산에 들어가 낚시질로 일생을 보냈다 함.
간의대부:임금에게 간언을 하는 벼슬자리 이름.
양구:양가죽으로 만든 갑옷.
칠리탄:엄자룡이 낚시질하던 여울 이름.
선경:신선의 경치.

목란:북위시대 시인의 입에 오르내린 가상적 여인의 이름.

을 잠깐 보고 연연히 보내기로 탐화봉접探花蜂蝶 취한 마음, 오늘 밤에 온 뜻은 춘향의 모 보러왔거니와 자네 딸 춘향이와 백년 언약을 맺고자 하니 자네의 마음 어떠한가?"

춘향의 모가 대답하되,

"말씀은 황송하오나 들어 보오. 자하골 성참판成參判 영감이 보후補後로 남원에 좌정하실 때 소리개를 매로 보고 수청을 들라 하옵기로 관장官長의 영을 어길 수가 없어 모신 지 삼삭만에 올라가신 후 뜻밖에 잉태하여 낳은 것이 저것이라. 그런 연유로 성참판께 아뢰니 '젖줄 떨어지면 데려 가련다' 하시더니 그 양반이 불행하여 세상을 버리시니 보내지 못하옵고 저것을 길러 낼 때, 어려서 잔병조차 그리 많고 일곱 살에 『소학』 읽혀 수신제가修身齊家 화순심和順心을 낱낱이 가르치니, 씨가 있는 자식이라 만사를 달통하고 삼강행실三綱行實, 뉘라서 내 딸이라 하리요. 가세가 부족하니 재상가에는 부당하고 사대부와 서인庶人 위아래에 다 미치지 못하니 혼인이 늦어져서 밤낮으로 걱정이나 도련님 말씀은 잠시 춘향과 백년 기약한다는 말씀이오나 그런 말씀 마시고 노시다 가시기나 하시요."

탐화봉접:여색을 좋아함.

보후:내직에 들어가기 전에 잠시 외관에 보임하는 것.
소리개:솔개.
삼삭:석 달.

수신제가:몸을 수양하고 집안을 다스림.

삼강행실:임금과 신하, 어버이와 자식, 남편과 아내 사이에 마땅히 지켜야 할 도리.
서인:농공상인.

이 말이 참말 아니라, 이도령이 춘향을 얻는다 하니 앞일 몰라 뒤를 눌려 하는 말이었다.

이도령 기가 막혀,

"호사다마好事多魔로세. 춘향도 미혼이요 나도 장가 들기 전이라 피차 언약이 이러하고, 육례六禮는 못할 망정 양반의 자식이 한 입으로 두 가지의 말을 할 까닭이 있겠나?"

춘향의 모 이 말 듣고,

"또 내 말 들으시오. 고서古書에 하였으되 '신하를 아는 것은 임금만한 이 없고, 아들을 아는 것은 아비만한 이 없다'고 하였으니 딸을 아는 것은 어미만한 이 없지 않겠는가? 내 딸 마음 내가 알지요. 어려서부터 절곡한 뜻이 있어 행여 신세를 그르칠가 의심이요. 일부종사 하려 하고 일마다 하는 행실, 칠석 같이 굳은 뜻이 청송·녹죽·전나무가 사시절을 다투는 듯 상전벽해桑田碧海될지라도 내 딸 마음 변할 손가. 금은과 오촉吳蜀의 비단이 산 같이 쌓여 있을지라도 받지 아니 할 것이오. 백옥 같은 내 딸 마음 청풍인들 미치리요. 다만 옛날의 큰 뜻을 본 받고자 할 뿐인데 도련님은 욕심 부려 인연을 맺었다가 장가들기 전 도련님이 부모 몰래 깊은 사

호사다마:좋은 일에는 마가 들기 쉬움.
육례:혼인의 여섯 가지 의식.

상전벽해:뽕나무 밭이 변하여 푸른 바다가 되다. 세상 일이 덧없이 변천함이 심함을 이르는 말.

랑 금석 같이 맺었다가 소문나 버리시면, 옥결 같은 내딸 신세 문채文采 좋은 대모玳瑁, 진주 고은 구슬 구녁노리 깨어진 듯, 청강淸江에 놀던 원앙새가 짝 하나를 잃었다한들 어이 내 딸 같을손가. 도련님의 속마음이 말과 같을진댄 깊이 알아 행하소서."

도련님 더욱 답답하여,

"그건 두 번 다시 염려 마소. 내 마음 헤아리니 특별 간절 굳은 마음 가슴속에 가득하니 분의分義는 다를망정 저와 나와 평생 기약을 맺을 때에 전안납폐奠雁納幣 아니한들 바다 물결 같이 깊은 마음 춘향 사정 모를 손가."

이렇듯이 설화說話하니, 청실홍실 육례를 갖춰 만난다 해도 이 위에 더 뾰족할 것인가.

"내 저를 첫 장가 모양 여길 터이니 시하侍下라고 염려말고 장가 들기 전이라고 염려마오. 대장부 먹은 마음으로 박대하는 행실을 할 것인가? 허락만 하여 주오."

춘향의 모 이 말을 듣고 이윽히 앉았더니, 몽조夢兆가 있는지라 연분인줄 짐작하고 혼연히 허락하며,

대모:열대 지방에 사는 거북.

분의:분수에 알맞은 의리.
전안납폐:결혼식 때 하는 예식의 하나.

시하:부모 또는 조부모가 살아 있음.

몽조:꿈에 나타남.

"봉鳳이 나매 황凰이 나고 장군 나매 용마龍馬 나고 남원에 춘향 나매 봄바람에 오얏꽃다웁다. 향단아, 술상 마련하였느냐?"

"예."

대답하고 술과 안주를 차릴 때에 술과 안주 등등의 것을 보자하니 괴임새도 정결하고 대양판大胖板 가리찜, 소양판小胖板제육찜, 풀풀 뛰는 숭어찜, 포도동 나는 메추리 탕에, 동래·울산 대전복을 대모장도玳瑁粧刀가 잘드는 칼로 맹상군孟嘗君의 눈썹과 같이 어슥비슥 오려 놓고, 염통 산적, 양볶음과 춘치자명春稚自鳴 생치生雉 다리, 적벽赤壁 대접 분원기分院器에 냉면조차 비벼 놓고, 생밤, 찐밤, 잣송이며, 호도, 대추, 석류, 유자, 준시, 앵두, 탕기湯器 같은 청술레를 볼품 있게 고였는데 술병 치레를 볼 것 같으면 티끌 없는 백옥병과 푸르른 산호병과 엽락금정葉落金井 오동병과 목이 긴 황새병, 자라병, 당화병唐畵瓶, 쇄금병, 소상동정瀟湘洞庭 죽절병竹節瓶, 그 가운데 품질이 좋은 은으로 만든 주전자, 적동자赤銅子, 쇄금자 등을 차례로 놓았는데 빠짐 없이도 구비하여 놓았구나. 술 이름을 이를진대 이적선李謫仙 포도주와, 안기생安期生 자하주紫霞酒, 산림처사山林處士의

용마:빨리 달리는 말.
괴임새:음식을 그릇 위에 담는 모양새.
대양판:소의 밥통 고기.
소양판:돼지의 밥통 고기.
대모장도:대모갑으로 칼집을 만든 장도칼.
맹상군:중국 전국시대 제 나라의 호걸. 많은 식객을 두었음.
춘치자명:봄철에 꿩이 스스로 움.
생치:익히지 않은 꿩.
분원기:경기도 광주 분원에서 만든 사기.
탕기:탕을 담는 그릇.
엽락금정:중국에 있는 샘.
청술레:푸른 배.
당화병:중국의 동양화를 그려 놓은 병.
소상동정:중국 동정호 남쪽 소상 지방.
죽절병:대나무로 만든 주전자.
적동자:적동으로 칠한 주전자.
쇄금자:금물을 칠한 주전자.
이적선:이백.

송엽주松葉酒와 과하주過夏酒, 방문주方文酒, 천일주千日酒, 백일주百日酒, 금로주金露酒 팔팔 뛰는 화주火酒, 약주, 그 가운데 향기로운 연엽주蓮葉酒 골라 내어 알안자에 가득 부어 청동화로靑銅火爐 백탄 불에 냄비 냉수 끓는 가운데 알안자에 부어 차지도 덥지도 않게 데워내어 금잔金盞, 옥잔玉盞, 앵무배를 그 가운데 띄웠으니 옥경玉京, 연화蓮花 피는 곳에 태을선녀太乙仙女가 배를 띄우 듯 대광보국大匡輔國 연꽃잎 영의정의 파초선을 띄우 듯 두둥실 띄워 놓고 권주가 한 곡조에 한 잔 한 잔 또 한 잔이라.

이도령 하는 말이,

"오늘밤에 하는 절차 보니 관청官廳이 아닌 바에 어이 그렇게 구비한가?"

춘향 모 말하기를,

"내 딸 춘향 곱게 길러 요조숙녀는 군자의 짝으로 가려서 금실을 벗하여 평생을 동락하올 때에 사랑에 노는 손님 영웅호걸, 문장들과 죽마고우竹馬故友 벗님네들과 밤낮으로 즐기실 때, 내당의 하인 불러 밥상 술상 재촉할 때, 보고 배우지 못하고는 어찌 곧 등대하리요? 안사람이 민첩치 못하면 남편의 낯을 깎는 것이니 내 생전에 힘써 가르쳐 아무쪼록

안기생:중국 진시황 때의 신선 이름.
자하주:적동으로 만든 주전자.
송엽주:솔잎으로 만든 술.
방문주:비방문에 의하여 특별한 물건을 넣어서 만든 술.
천일주:빚어 넣은지 천일 만에 먹는 술.
백일주:빚어 넣은지 백일만에 먹는 술.
금로주정:팔팔 뛰는 화주.
화주:소주.

빛 받아 행하려고 돈이 생기면 사 모으고 손으로
만들어서 눈에 익고 손에도 익히려고 잠시라도 놀
지 않고 시킨 보람이오니 부족다 말으시고 구미대
로 잡수시오."

하며, 앵무배 술 잔에 가득히 술을 부어 도련님께
드리오니, 이도령 잔 받아 손에 들고 탄식하며 하
는 말이,

"내 마음대로 한다면은 육례를 행할 것이나 그렇
게는 못하고 개구멍 서방으로 들고 보니 이 아니
원통하냐. 이애 춘향아, 그러나 우리 둘이 대례^{大禮}
술로 알고 먹자."

한 잔 술 부어 들고,

"내 말 들어라. 첫째 잔은 인사주요. 둘째 잔은
합환주^{合歡酒}니, 이 술이 다른 술이 아니라 근원 근
본으로 삼으리라. 순임금 때의 아황^{娥黃}과 여영^{女英}이
귀히 만난 연분이 귀중하다 하였으되 월로^{月老}의 우
리 연분, 삼생가약^{三生佳約}을 맺은 연분, 천만년이라
도 변치 않을 연분, 대대로 삼태^{三台} 육경^{六卿} 자손이
많이 번성하여 자손 증손^{曾孫} 고손^{高孫}이며 무릎 위
에 앉혀 놓고 죄암죄암 달강달강 백살까지 살다가
한날 한시 마주 누워 누가 먼저랄 것도 없이 똑같

대례:혼인을 치르는 큰
예식.

합환주:혼례를 치를 때
신랑 신부가 서로 잔을
바꾸어 마시는 술.
월로:남녀의 인연을 관
장한다는 월하노인의
약칭.
삼생가약:과거의 삶, 현
재의 삶, 미래의 삶에
이어질 아름다운 언약.
삼태 : 영의정 · 좌의
정 · 우의정.
육경:이 · 호 · 예 · 병 ·

이 죽게 되면 천하에 제일 가는 연분이 아닌가."

술잔 들어 먹은 후에,

"향단아, 술 부어 너의 마나님께 드려라."

"장모, 경사慶事 술이니 한 잔 먹으소."

춘향의 모 술잔 들고 슬프기도 하고 기쁘기도 하여 하는 말이,

"오늘이 우리 딸의 백년 고락苦樂을 맡기는 날이라, 무슨 슬픔 있을까마는 저것을 길러낼 때 애비 없이 서럽게 길러 이 때를 당하오니 영감 생각이 간절하여 비창하여이다."

도련님 하는 말이,

"이왕지사已往之事 생각말고 술이나 먹소."

춘향 모 수삼배數三杯 먹은 후에 도련님 통인 불러 상 물려 주면서,

"너도 먹고 방자도 먹여라."

통인과 방자가 상을 물려 먹은 후에 대문, 중문 다 닫고 춘향의 모는 향단을 불러 자리를 보게 할 때에 원앙금침 잣베개와 샛별 같은 요강, 대야까지 갖춰 자리 보전을 정히 하고,

"도련님, 평안히 쉬시옵소서."

"향단아, 나오너라. 나하고 함께 가자."

형·공부의 관장인 판서.

잣베개:모서리를 잣나무 열매 모양으로 장식한 베개.

둘이 다 건너 갔구나.

춘향과 도련님이 마주 앉아 놓았으니 그 일이 어찌 되겠느냐. 사양斜陽을 받으면서 삼각산 제일봉에 봉새와 학이 앉아 춤추는 듯 두 팔을 살포시 들고 춘향의 섬섬옥수纖纖玉手를 겨우 겹쳐 잡고 의복을 교묘하게 벗기는데 두 손길 썩 놓더니 춘향의 가는 허리를 담숙 안고,

사양:저녁 때 비껴 비치는 햇빛.

"치마를 벗어라!"

춘향이가 처음 일일 뿐 아니라 부끄러워 고개를 숙여 몸을 틀매 이리 곰실 저리 곰실 녹수綠水의 홍연화紅蓮花가 잔바람을 만나 흔들리는 듯, 도련님이 치마 벗겨 제쳐 놓고 바지와 속곳을 벗길 때에 무한히 실랑이질을 한다. 이리 굼실 저리 굼실 동해의 청룡이 굽이를 치는 듯하더라.

"아이고 놓아요, 좀 놓아요."

"에라, 안될 말이로다."

실랑이를 하는 중에 옷끈 끌러 발가락에 딱 걸고서 지긋이 누르며 기지개를 켜니 발길 아래 떨어진다. 옷이 활짝 벗겨지니 형산荊山의 백옥덩이가 춘향에 비길소냐. 옷이 활짝 벗겨지니 도련님 거동을 보려하고 슬그머니 놓으면서,

형산:중국에 있는 산으로 옥의 산지.

"아차, 손 빠졌다."

춘향이가 금침 속으로 달려든다. 도련님이 왈칵 쫓아 드러누워 저고리를 벗겨 내어 도련님 옷과 모두 한데다 둘둘 뭉쳐 한 편 구석에 던져 두고 둘이 안고 마주 누웠으니 그대로 잘 리가 있는가. 애를 쓸 때에 삼승三升 이불이 춤을 추고 샛별 요강은 장단을 맞추어 챙그렁 쟁쟁 문고리는 달랑달랑, 등잔불은 가물가물, 맛이 있게 잘 자고 났구나. 그 가운데의 재미좋은 일이야 오죽하랴.

삼승:굵은 베.

하루 이틀 지나가니 어린 것들이라 신맛이 간간 새로와 부끄러움은 차차 멀어지고 이제는 기롱譏弄도 하고 우스운 말도 있어 자연히 사랑가가 되었구나. 사랑하고 노는데 꼭 이 모양으로 놀던 것이더라.

기롱:실없는 말로 농락하는 것.

사랑 사랑 내 사랑이야

동정칠백월하초洞庭七百月下初(칠백리 동정호에 달이 처음 비추일 때)에 무산巫山 같이 높은 사랑

목단무변수目斷無邊水(눈이 닿는 끝까지 펼쳐진 가이 없는 물)에 하늘 같고 바다 같은 깊은 사랑

오산五山 꼭대기 달 밝은데 추산천봉秋山千峰 완월玩

무산:중국에 있는 산 이름.

月 (가을산 수많은 봉우리에서 달을 구경함) 사랑

증경학무曾經學舞(일찍이 춤을 배움) 하을 적에 차문취소借問吹蕭(시험삼아 퉁소를 불어 봄)하던 사랑—당 나라 시인 노조린의 「장안고의長安古意」 시의 한 구절에서 인용했음.

유유낙일월렴간悠悠落日月簾間(유유한 황혼 달 비추인 발 사이)에 도리화개桃李花開(복숭아꽃과 오얏꽃이 피어나) 비친 사랑

섬섬초월분백纖纖初月粉白(가느다란 초생달 빛이 밝은데)한데 함소함태含笑含態(웃음과 아름다운 자태를 지닌) 숱한 사랑

월하月下의 삼생三生 연분 너와 나와 만난 사랑

허물 없는 부부 사랑

화우동산花雨東山(꽃이 비처럼 떨어지는 동산) 목란화牧丹花 같이 펑퍼지고 고운 사랑

연평延平 바다 그물 같이 얽히고 맺힌 사랑

청루미녀靑樓美女(기생집의 미녀) 금침 같이 혼솔마다 감친 사랑

시냇가의 수양 같이 펑퍼지고 늘어진 사랑

남창南倉 북창北倉(관청에 딸린 곳간 이름) 노적露積 같이 다물다물 쌓인 사랑

혼솔:홈질한 옷의 솔기.

수양:수양버들.

노적:집 밖에 쌓아 둔 곡식.

은장銀藏 옥장玉藏 장식 같이 모모이 잠긴 사랑

영산홍록映山紅綠(꽃나무 이름) 봄바람에 넘노느니

황봉백접黃蜂白蝶(누런 벌과 흰나비) 꽃을 물고 질긴

사랑

녹수청강綠水淸江 원앙새 격格으로 마주 둥실 떠 노

는 사랑

년년年年 칠월 칠석 야夜에 견우직녀牽牛織女 만난

사랑

육관대사六觀大師 성진性眞이가 팔선녀八仙女와 노는

사랑

역발산力拔山 초패왕楚霸王이 우미인虞美人을 만난

사랑

당 나라 당 명황唐明皇이 양귀비楊貴妃를 만난 사랑

명사십리明沙十里 해당화 같이 연연娟娟히 고운 사랑

네가 모두 사랑이로구나

어화 둥둥 내 사랑아

어화 내 간간 내 사랑이로구나

여봐라 춘향아!

저리 가거라 가는 태도를 보자

이만큼 오너라 오는 태도를 보자

육관대사:구운몽에 나
오는 승려.
성진:구운몽의 주인공.
역발산:힘이 산을 뽑을
정도로 셈.
초패왕:항우.
당명황:당 나라 8대 왕.
양귀비:당 나라 현종의
비.
명사십리:함경남도 원
산 부근의 모래사장.
연연:빛이 곱고 엷음.
간간:기쁜 모양.

빵긋 웃고 아장아장 걸어라 걷는 태도 보자
너와 나와 만난 사랑
연분을 팔자한들 팔 곳이 어디 있어
생전 사랑 이러하고
어찌 사후死後 기약이 없을 소냐

너는 죽어 될 것 있다
너는 죽어 글자 되되
따 지地자, 그늘 음陰자, 아내 처妻자, 계집 여女자
변邊이 되고
나는 죽어 글자 되되
하늘 천天자, 하늘 건乾자, 지아비 부父자, 사내 남
男자 아들 자子자 몸이 되어 여女 변邊에다 붙이면 좋
을 호好자로 만나 보자

또 너 죽어 될 것이 있다
너는 죽어 물이 되되
은하수, 폭포수, 만경창해수萬頃滄海水, 청계수淸溪水,
옥계수玉溪水, 일대장강一帶長江 던져두고
칠년대한七年大旱 가물 때 또 항상 넉넉하게 젖어
있는 음양수陰陽水란 물이 되고

만경창해수: 한없이 넓
고 큰 바닷물.
일대장강: 한줄기 긴 강.
칠년대한: 7년 동안의
큰 가뭄.

나는 죽어 새가 되되

두견새도 되지 말고

요지瑤池 일월日月 청조靑鳥, 청학靑鶴, 백학白鶴이며

대붕조大鵬鳥 그런 새가 될랴 말고

쌍쌍이 오락가락 떠날 줄 모르는 원앙조란 새가

되어

녹수綠水의 원앙 격格으로

어화 둥둥 떠놀거던

나인 줄을 알려무나

사랑 사랑 내 간간 내 사랑이야

"아니 그것도 내 아니 되려오."

그러면 너 죽어 될 것이 있다

경주慶州 인경도 되려 말고

전주全州 인경도 되려 말고

송도松都 인경도 되려 말고

장안長安 종로 인경 되고

나는 죽어 인경 망치 되어

삼십삼천三十三天 이십팔 숙宿을 용하여

질마재에 봉화烽火 세 자루 꺼지고

대붕조:매우 커서 9만 리를 단번에 난다는 새.

인경:밤에 통행금지를 알리기 위해 치던 큰 종.

장안:서울을 일컬음.

질마재:서울 서쪽에 있 는 고개.

남산에 봉화 두 자루 꺼지면

인경 첫마디 치는 소리

그저 뎅뎅 칠 때마다

다른 사람 듣기에는

인경 소리로만 알아도

우리 속으로는

'춘향 뎅 도련님 뎅이라'

만나 보자꾸나

사랑 사랑 내 간간 내 사랑이야

"아니, 그것도 나는 싫소."

그러면 너 죽어 될 것 있다

너는 방아 확이 되고

나는 죽어 방아 공이가 되어

경신년 경신월 경신일 경신시의 강태공 조작 방
아 그저 떨꾸덩떨꾸덩 찧거들랑 나인 줄 알려무나

사랑 사랑 내 사랑 내 간간 사랑이야

춘향이 하는 말이,

"싫소, 그것도 내 아니 될라요."

"어찌하여 그 말이냐."

봉화 : 변란이 있을 때
변경에서부터 서울까
지 경보를 알리게 만
든 불.

확 : 절구의 아가리로부
터 밑바닥까지의 구멍.

조작 방아 : 우리 습속에
동토動土를 방지하기 위
하여 방아의 오른쪽이
나 왼쪽의 잘보이는 곳
에 쓰는 글.

"나는 항시 어찌 이생이나 후생이나 밑으로만 된
다는 법 있소? 재미없어 못 쓰겠소."
"그러면 너 죽어 위로 가게 하마."

너는 죽어 맷돌 웃짝이 되고
나는 밑짝이 되어
이팔 청춘 홍안 미색들이
섬섬옥수로 맷돌 손잡이를 잡고 슬슬 돌리면
천원지방天圓地方 격으로 휘휘 돌아가거던
나인줄을 알려무나

"싫소, 그것도 아니 되려오. 위로 생긴 것이 부아
나게만 생기었소. 무슨 년의 원수로서 일생 한 구
멍이 더하니 아무 것도 나는 싫소."

그러면 너 죽어 될 것이 있다
너는 죽어 명사십리 해당화 되고
나는 죽어 나비 되어
나는 네 꽃송이 물고
너는 내 수염 물고
춘풍이 건듯 불거든

너울너울 춤을 추며 놀아보자
사랑 사랑 내 사랑이야
내 간간 사랑이지
이리 보아도 내 사랑
저리 보아도 내 사랑
이 모두 내 사랑 같으면
사랑에 걸려 살 수 있나
어허 둥둥 내 사랑
네 예뻐 내 사랑이야
방긋방긋 웃는 것은
꽃 중의 왕 모란화가
하룻밤 세우細雨 뒤에
밤만 피고자 한듯
아무리 보아도 내 사랑
내 간간이로구나

"그러면 너와 나와 유정하니 정情자로 놀아 보자.
음律이 서로 같으니 정자로 노래나 불러 보세."
"들읍시다."

내 사랑아 들어서라

너와 나와 유정하니 어이 아니 다정하리

담담장강수^{湛湛長江水}(맑고 맑은 장강수요) 유유원객정^{悠悠遠客情}(머나먼 객의 정)

하교^{河橋}(하수 다리 위에서) 불상송^{不相送}(서로 보내지 못하니) 강수원함정^{江水遠含情}(다만 멀리 강수가 정을 머금었도다)

송군남포불승정^{送君南浦不勝情}(그대를 남포에서 전송하자니 느끼는 정 이기지 못하겠네)

무인불견송아정^{無人不見送我情}(보내는 내 마음 알지 못한 사람 없네)

한태조^{漢太祖}의 희우정^{喜雨亭}

삼태육경^{三台六卿} 백관조정^{百官朝庭}

도량^{道場} 청정^{淸淨}

각씨^{閣氏} 친정^{親庭}

친고^{親故} 통정^{通情}

난세^{亂世} 평정^{平定}

우리 둘이 천년 인정

월명성희^{月明星稀}(달은 밝고 별은 듬성듬성) 소상동정^{瀟湘洞庭}(중국의 소상강과 동정호)

세상만물 조화정^{世上萬物造化定}(세상의 만물은 조물주가 정함)

근심 걱정, 소지所志 원정原情(억울한 사정을 호소
함)

주워 인정, 음식 투정 복 없는 저 방정,

송정訟庭, 관정官庭, 내정內情, 외정外情

애송정愛松亭, 천양정穿楊亭

양귀비의 침향정沈香亭

이비二妃의 소상정瀟湘亭 한송정寒松亭 백화만발 호춘
정好春亭

기린 토월麒麟吐月 백운정白雲亭 너와 나와 만난 정

일정一定 실정實情 논지論之하면

내 마음은 원형이정元亨利貞

네 마음은 일편탁정一片託情

이 같이 다정하다가

만일 즉 파정破情하면 복통절정腹痛絶情 걱정되니

진정으로 원정原情하자는 그 정情자다.

춘향이 좋아라고 하는 말이,

"정 속은 도저到底하오. 우리집 재수財數있게 안택
경安宅經이나 좀 읽어 주오."

도련님 허허 웃고,

"그 뿐인 줄 아느냐. 또 있지야. 궁宮자 노래를 들

주워:뇌물의 방언.
송정:백성끼리의 분쟁
을 판결하고 처리하는
곳.
관정:관청의 뜰.
내정:속마음.
외정:겉마음.
침향정:당 나라 때 궁
중에 있던 정자 이름.
기린 토월:기린봉 위에
솟아 오른 달.
일정:한번 작정함.
실정:진실한 정.
원형이정:크고 통달하
고 알맞고 올곧음.
일편탁정:한 조각의 의
지하는 마음.
파정:정이 틀어짐.
복통절정:끊어진 정을
마음 아파함.

안택경:주택의 신을 안
정시키고 재물의 형통
을 위하여 읽는 경.

어 보아라."

"애고, 얄궂고 우습다. 궁자 노래가 무엇이요?"

"네 들어 보아라. 좋은 말이 많으니라."

좁은 천지 개태궁開胎宮 뇌성벽력 풍우 속에

서기 삼광三光 둘러 있는 장엄하다 창합궁閶闔宮

성덕이 넓으시사 조림照臨이 어인 일인고

주지객운성酒池客雲盛하던

은왕殷王의 대정궁大庭宮

진시황秦始皇의 아방궁阿房宮

문천하득問天下得하실 적에

한태조漢太祖 함양궁咸陽宮

그 곁의 장락궁長樂宮

반첩여班倢伃의 장신궁長信宮

당명황唐明皇 상춘궁賞春宮

이리 올라서 이궁離宮

저리 올라서 별궁別宮

용궁 속의 수정궁水晶宮

월궁 속의 광한궁廣寒宮

너와 나와 합궁合宮하니

한평생 무궁이라

창합궁:하늘에 있는 궁전.

조림:왕이 백성에게 임함.

주지객운성:큰 술잔치에 구름처럼 모여든 손님.

아방궁:진시황이 지은 큰 궁전.

문천하득:천하를 얻게 된 원인을 물음.

이궁:궁궐과 떨어져 따로 지은 임시로 사용하는 궁전. 행궁.

이 궁宮 저 궁宮 다 버리고
네 양 다리 사이의 수룡궁水龍宮에
나의 심줄 방망이로
길을 내자꾸나

춘향이 반만 웃고,
"그런 잡담은 말으시오."
"그건 잡담이 아니로다. 춘향아, 우리 둘이 업음
질이나 하여보자."
"애고 참 잡성스러워라. 업음질을 어떻게 하오?"
업음질을 여러 번 한듯이 말하더라.
"업음질은 천하 쉬운 것. 너와 나와 활짝 벗고 업
고 놀고 안고도 놀면 그게 업음질이 아니냐?"
"애고, 나는 부끄러워 못 벗겠소."
"에라 요 계집아이야, 안될 말이로다. 내 먼저 벗
으마."
버선, 대님, 허리띠, 바지, 저고리, 활짝 벗어 한
편 구석에 밀쳐 놓고 우뚝 서니 춘향이 그 거동을
보고 방긋 웃고 돌아서며 하는 말이,
"영락없는 낮도깨비 같소."
"오냐 네 말 좋다. 천지만물이 짝 없는게 없느니

라. 두 도깨비 놀아보자."

"그러면 불이나 끄고 노사이다."

"불이 없으면 무슨 재미 있겠느냐? 어서 벗어라,
어서 벗어라."

"애고, 나는 싫소."

도련님 춘향 옷을 벗기려 할 때 넘놀면서 어른다.
만첩청산萬疊靑山 늙은 범이 살찐 암캐를 물어다 놓
고 이가 없어 먹지는 못하고 흐르릉 흐르릉 아웅
어루는 듯, 북해의 흑룡黑龍이 여의주如意珠를 입에다
물고 색구름 사이에서 넘노는 듯, 단산丹山의 봉황
이 대 열매를 물고 벽오동 속으로 넘나드는 듯, 구
고九皐 청학이 난초를 물고서 오송간梧松間에 넘노는
듯, 춘향의 가는 허리를 후리쳐 담쑥 안고 기지개
아드득 떨며 귀와 뺨도 쪽쪽 빨고 입술도 쪽쪽 빨
면서 주홍 같은 혀를 물고 오색단청 순금장純金欌 안
의, 날아가고 날아오는 비둘기 같이 꿍꿍 꿍꿍 으
흥거려 뒤로 돌려 담쑥 안고 젖을 쥐고 발발 떨며,
저고리 치마 바지 속곳까지 벗겨 놓으니, 춘향이
부끄러워 한편으로 잡치고 앉았을 때, 도련님 답답
하여 가만히 살펴보니 얼굴이 복짐하여 구슬 땀이
송실송실 맺혔구나.

단산:봉황이 깃들고 있
다는 상상의 산.
구고:못의 가장 깊은
곳.

복짐:얼굴이 상기되거
나 조금 부어오른 듯이
보이는 상태.

| 69 |

"이 애 춘향아, 이리 와 업혀라."

춘향이 부끄러워 하니,

"부끄럽기는 무엇이 부끄러워. 이왕에 다 아는 바이니 어서 와 업혀라."

춘향을 업고 추기시며,

"어따 그 계집아이 똥집 장히 무겁고나. 네가 내 등에 업힌 것이 마음에 어떠하냐?"

"더할 수 없이 좋소이다."

"좋냐?"

"좋아요."

"나도 좋다. 좋은 말을 할 것이니 너는 그저 대답만 하도록 하여라."

"말씀 대답할터이니 하여보옵소서."

"네가 금金이지?"

"금이라니 당치 않소. 팔년 풍진 초한楚漢 시절에 육출기계六出奇計 진평陳平이가 범아부范亞父를 잡으려고 황금 사만四萬을 뿌렸으니 금이 어디 남으리까?"

"그러면 진옥眞玉이냐?"

"옥이란 당치 않소. 만고 영웅 진시황이 형산의 옥을 얻어 이사李斯의 명필로 수명우천기수영창受命于天旣壽永昌이라 (하늘에서 명을 받았으니 이미 수壽하며 길

풍진:8년 동안의 전쟁.
진평:중국 전한의 공신.
범아부:중국 초한 때의 한의 진평이 꾀가 많아 여섯 번이나 기이한 계획을 냈는데 초의 장수 범아부를 잡기 위해 황금 4만 근으로 이간책을 썼음.

이 번창할지라). 옥새玉璽를 만들어 만세유전을 하였으니 옥이 어이 되오리까?"

"그러면 네가 무엇이냐? 해당화냐?"

"해당화라니 당치 않소. 명사십리 아니어던 해당화가 되오리까?"

"그러면 네가 무엇이냐? 밀화密花, 금패錦貝, 호박琥珀, 진주眞珠냐?"

"아니 그것도 당치 않소. 삼정승, 육판서, 대신 재상, 팔도 방백, 수령님네 갓끈 풍잠風簪 다 하고서 남은 것은 경향의 일등 명기 지환指環 허다히 다 만드니 호박 진주 부당하오."

"네가 그러면 대모玳瑁 산호珊瑚냐?"

"아니 그것도 아니요. 대모 간間 큰 병풍을 산호로 난간을 하여 광리왕廣利王 상량문上樑門의 수궁보물水宮寶物 되었으니 대모 산호가 부당하오."

"네가 그러면 반달이냐?"

"반달이라니 당치 않소. 오늘밤 초생初生 아니어든 푸른 하늘에 돋은 밝은 달 내가 어찌 기오리까?"

"네가 그러면 무엇이냐? 날 홀려먹는 불여우냐? 네 어머니 너를 낳아 곱고 곱게 길러 내어 나를 홀

이사:진시황 때의 정승.

금패:누르고 투명한 호박의 한 가지.

풍잠:망건의 앞 이마에 대는 장식.
지환:가락지.

려 먹으라고 생겼느냐? 사랑 사랑 사랑이야. 내 간
간 내 사랑이야. 네가 무엇을 먹으려는 것이냐? 생
밤 찐밤을 먹으려는 것이냐? 둥글둥글 수박 웃봉지
대모장도 드는 칼로 뚝 떼고 강릉江陵 백청白淸을 두
루 부어 은수저 반간자로 붉은 점 한 점을 먹으려
느냐?"

"아니 그것도 내사 싫소."

"그러면 무얼 먹겠느냐? 시금털털 개살구를 먹겠
느냐?"

"아니 그것도 내사 싫소."

"그러면 이것을 먹으려느냐? 돼지 잡으랴? 개 잡
아 주랴? 내 몸 통채 먹으려느냐?"

"여보 도련님, 내가 사람 잡아 먹는 것 보았소?"

"에라 요것, 안 될 말이로다. 어화둥둥 내 사랑이
지, 이 애 춘향아 내리려무나. 백사만사가 다 품앗
이가 있느니라. 내 너를 업었으니 너도 나를 업어
야지."

"애고, 도련님은 기운이 세어서 나를 업으시거니
와 나는 기운이 없어 못 업겠소."

"업는 수가 있느니라. 돋워 업으려 말고 빨리 땅
에 자운자운하게 뒤로 잦은 듯 업어다오."

백청:희고 품질이 좋은
꿀.
반간자:수저의 일종.

도련님을 업고 툭 추워놓으니 대종이 틀렸구나.

"애고, 잡성스러워라."

이리 흔들 저리 흔들,

"내가 네 등에 업혀 노니 마음이 어떠냐? 나는 너를 업고 좋은 말하였으니 너도 나를 업고 좋은 말해야지."

"좋은 말을 하오리다. 들으시오."

부열傳說을 업은 듯

여상呂尙이를 업은 듯

가슴에 큰 계략을 품었으니

한 나라에 이름이 알려진 대신이 되어

주석지신柱石之臣, 보국충신輔國忠臣 모두 헤아리니

사육신을 업은 듯, 생육신을 업은 듯

일 선생, 월 선생, 고운 선생孤雲先生을 업은 듯

고제봉高霽峰을 업은 듯, 요동백遼東伯을 업은 듯

정송강鄭松江을 업은 듯, 충무공을 업은 듯

우암尤庵 퇴계退溪 사계沙溪 명제明齊를 업은 듯

내 서방이시지 내 서방, 알뜰 간간 내 서방.

진사, 급제 대擢하여, 직부直赴 주서注書 한림학사

이렇듯이 된 연후에

부승지, 좌승지, 도승지로 벼슬에 올라

부열:중국 은 나라 고종 때의 정승.
여상:강태공의 다른 이름.

고운 선생:최치원.
고제봉:고경명.
요동백:김응하.
정송강:정철.
우암:송시열.
퇴계:이황.
사계:김장생.
명제:윤증.
직부:절일제節日制 등에서 곧바로 전시殿試를 볼 수 있는 자격을 주는 일.

팔도 방백 지낸 후에

내직으로 각신閣臣, 대교待教, 복상卜相, 대제학大提學, 대사성, 판서좌상, 우상, 영상, 규장각 하신 후에, 내삼천內三千, 외팔백外八百, 주석지신柱石之臣 내 서방 알뜰간간 내 서방이시지.

"춘향아, 우리 말놀음이나 하여 보자."

"애고, 참 우스워라. 말놀음이 무엇이요?"

말놀음 많이 하여 본 듯이,

"천하에 쉽지, 너와 나와 벗은 김에 너는 온 방바닥을 기어 다녀라. 나는 네 궁둥이에 딱 붙어서 네 허리를 잔뜩 끼고 볼기짝을 내 손가락으로 탁 치면서 '이랴!' 하거던, '호홍' 그러면 퇴금질로 물러서며 뛰어라, 심 있게 뛰어놀면 탈 승乘자 노래가 있느니라."

타고 노자 타고 노자

헌원씨軒猿氏 간과干戈를 써서 능히 큰 안개를 지어 치우蚩尤 탁녹야涿鹿野에 사로잡고 승전고를 울리면서

지남거指南車를 높이 타고

하우씨夏禹氏 구년 지수九年之水 다스릴제

육행승거陸行乘車 높이 타고

적송자赤松子 구름 타고

여동빈呂洞賓 백로 타고

이태백李太白 고래 타고

맹호연孟浩然 나귀 타고

태을선인太乙仙人 학을 타고

대국천자大國天子 꾀꼬리 타고

우리 전하殿下는 연을 타고

삼정승三政丞은 평교자를 타고

육판서六判書는 초헌 타고

훈련대장은 수레 타고

각읍수령은 독교 타고

남원부사는 별연別輦 타고

일모장강어옹日暮長江漁翁(날 저문 큰 강에 고기 잡는
늙은이)들은 일엽편주 노도 타고

나는 탈 것 없었으니

오늘밤 삼경三更 깊은 밤에

춘향 배를 넌짓 타고

홑이불로 돛을 달아

내 기계로 노를 저어

지남거:수레의 하나.
하우씨:중국 고대의 성
군.
지수:우임금이 9년의
홍수를 다스려 물길을
바로 잡았음.
육행승거:우임금이 치
수를 할 때는 배를 타
고, 육지를 다닐 때는
수레를 타고 다녔다 함.
적송자:옛날의 신선 이
름.
여동빈:당 나라의 신선.
맹호연:당 나라의 시인.
대국천자:사대주의사상
에 중국의 왕을 일컫는
말.

별연:수레.

오목섬을 들어가니

순풍의 음양수陰陽水를

시름없이 건너 갈 제

말을 삼아 탈 양이면

걸음걸이 없을소냐

마부는 내가 되어

네 구종을 넌지시 잡아

구종 걸음 반부새

뚜벅뚜벅 걸어라

기총마騎聰馬 뛰듯 뛰어라

온갖 장난을 다 하고 보니 이런 장관이 또 있으랴. 이팔이팔 둘이 만나 미친 마음 세월 가는 줄 모르든가 보더라.

이 때 뜻밖에 방자 나와,

"도련님! 사또께옵서 부릅시오."

도련님 들어가니 사또 말씀하시되,

"여봐라! 서울서 동부승지同副承旨의 교지가 내려왔다. 나도 문부文簿를 정리하고 갈 것이니, 너는 내행內行을 모시고 오늘로 떠나거라."

도련님 부교父敎듣고 한편 반가우나 한편 춘향을

구종:벼슬아치를 따라 다니던 하인.
반부새:말이 조금 거칠게 닫는 것.

동부승지:승정원의 정3품 벼슬.
문부:문서와 장부.
내행:부인 등 집안 아낙네들의 여행.

생각하니 가슴이 답답하여 사지의 맥이 풀리고 간
장이 녹는 듯, 두 눈에서 더운 눈물이 펑펑 솟아 고
운 얼굴을 적시거늘 사또 보시고,

"너 왜 우느냐? 내가 남원에서 일생을 살 줄 알았
더냐? 내직內職으로 승차되니 섭섭히 생각 말고 오
늘부터 치행등절治行等節을 급히 차려 내일 오전으로
떠나거라."

겨우 대답하고 물러나와 내아內衙에 들어가 위 아
랫 사람을 논할 것이 없고 모친께는 허물이 적은지
라, 춘향의 말을 울며 청하다가 꾸중만 실컷 듣고
춘향의 집으로 가는데, 설움은 기가 막히나 길거리
에서 울 수 없어 참고 나오는데 속에서는 두 간장
이 끊어지듯 하였다. 춘향 문전에 당도하니 통째
건더기째 보(작은 사발)째 왈칵 쏟아져 나오니,

"어—푸, 어—푸 어허."

춘향이 깜짝 놀라 왈칵 뛰어 내달아,

"애고, 이게 웬일이요? 안으로 들어가시더니 꾸
중을 들으셨소? 노상에 오시다가 무슨 분함을 당하
셨소? 서울서 무슨 기별이 왔다더니 상복을 입으셨
소? 점잖으신 도련님이 이것이 웬일이요?"

춘향이 도련님 목을 담쏙 안고 치맛자락을 걷어

치행등절: 행장을 차리
는 등의 절차.

잡고 고운 얼굴에 흐르는 눈물을 이리 씻고 저리
씻으면서,

"우지 마오, 우지 마오."

도련님 기가 막혀 울음이란게 말리는 사람이 있
으면 더 울게 되는 것이었다. 춘향이 화를 내어,

"여보 도련님, 보기 싫소. 그만 울고 내력이나 말
하오."

"사또께옵서 동부승지하여 계시단다."

춘향이 좋아하며,

"댁의 경사요, 그래서 그러면 왜 운단 말이요."

"너를 버리고 갈 터이니 내 아니 답답하냐?"

"언제는 남원 땅에서 평생 살으실 줄 알았소? 나
와 같이 어찌 함께 가기를 바래리요. 도련님 먼저
올라가시면 나도 예서 팔 것 팔고 추후에 올라갈
것이니 아무 걱정 마시오, 내 말대로 하였으면 군
색치 않고 좋을 것이요. 내가 올라가더라도 도련님
큰댁으로 가서 살 수 없을 것이니 큰댁 가까이 조
그마한 집 방이나 두었으면 족하오니 염탐하여 두
소서. 우리 식구 가더라도 공밥 먹지 아니할 터이
니 그렁저렁 지내다가 도련님 말만 믿고 장가 아니
갈 수 있소? 부귀 영총榮寵 재상가의 요조숙녀 가리

어서 혼정신성昏定晨省할지라도 아주 잊진 마옵소서. 도련님 과거하여 벼슬이 높아져 외방外方 가면 신래新來 마마媽媽 치행治行할 제 마마로 내세우면 무슨 말이 되오리까? 그리 알아 조처하오."

"그게 될 법한 말이냐? 사정이 그렇기로 네 말을 사또께는 못 여쭙고 대부인께 여쭈오니, 꾸중이 대단하시며, '양반의 자식이 부형을 따라 하행왔다가 화방작첩花房作妾하여 데려간단 말이 앞길에도 해롭고 조정에 들어가면 벼슬도 못한다'라고 말씀하시는구나. 불가불 이별이 될 수밖에 별수 없다."

춘향이 이 말을 듣더니 금시 낯빛이 변하여 머리를 흔들고 머리를 굴리며 붉으락 푸르락 눈을 가느스름하게 뜨고 눈썹이 꼿꼿하여지면서 코가 발심발심하며, 이를 뽀도독뽀도독 갈며 온몸을 수숫잎 틀 듯하며, 매가 꿩을 차는 듯하고 앉았더니,

"허허 이게 웬말이오?"

왈칵 뛰어 달려들며 치맛자락도 와드득 좌르르 찢어버리고 머리도 와드득 쥐어뜯어 싹싹 비벼 도련님 앞에다 던지면서,

"무엇이 어쩌고 어째요? 이것도 쓸데 없다."

명경明鏡, 체경體鏡, 산호죽절珊瑚竹節을 두루쳐 방문

혼정신성:부모님께 저녁에는 자리를 보아드리고 새벽에는 문안을 올리는 일.
외방:외직.
신래:새로 문과에 급제한 사람.
마마:높은 벼슬아치의 첩을 높여 이르는 말.

화방작첩:기생을 첩으로 삼음.

체경:온몸을 비출 수 있는 거울.

밖에 탕탕 부딪치며 발을 동동 굴러 손뼉 치고 돌아 앉아서 자탄가自歎歌로 울며 하는 말이,

"서방 없는 춘향이가 세간살이 무엇하여 단장하며 누구 눈에 곱게 보일꼬. 몹쓸년의 팔짜로다. 이팔청춘 젊은 것이 이리 될 줄 어찌 알았으랴. 부질없는 이내 몸은 허망하신 말씀으로 앞날의 신세 버렸구나. 애고애고, 내 신세야."

천연히 돌아앉아,

"여보 도련님! 지금 막 하신 말씀 참말이요, 농말이요? 우리들이 처음 만나 백년언약 맺을 적에 대부인大夫人 사또께옵서 시키시던 일이오니까? 핑계가 웬말이요. 광한루서 잠깐 보고 내집에 찾아 와서 침침무인沈沈無人 야삼경에 도련님은 저기 앉고 춘향 저는 여기 앉아 저한테 하신 말씀 '굳은 맹약 어길 수 없다'고 전년 오월 단오날 밤에 내 손목 부여잡고 우둥퉁퉁 밖에 나와 당중堂中에 우뚝 서서 경경히 맑은 하늘 천번이나 가리키며 만번이나 맹세키로, 내 정녕 믿었더니 말경에 가실 때는 똑 떼어 버리시니 이팔청춘 젊은 것이 낭군 없이 어찌 살꼬.

침침한 빈 방에서 긴긴 가을 밤에 이 시름을 다 어이할고. 애고애고 내 신세야. 모지도다, 모지도

침침무인:인적 없고 쓸쓸한 모양.

다. 도련님이 모지도다. 독하도다, 독하도다. 서울 양반 독하도다. 원수로다, 원수로다. 존비 귀천 원수로다. 천하에 다정한게 부부정이 유별하건만 이렇듯 독한 양반 이 세상에 또 있을까. 애고애고 내일이야. 여보 도련님, 춘향 몸이 천하다고 함부로 버리셔도 그만인 줄로 알지 마오. 팔자 사나운 춘향이가 입이 써서 밥 못먹고 잠 안 와 잠 못자면 며칠이나 살 듯하오?

상사相思로 병이 들어 애통하다 죽게 되면 슬프고 원통한 이 혼신이 원귀가 될 것이니 존중하신 도련님께 그건들 재앙이 아니겠소. 사람의 대접을 그리 마오. 죽고 싶구나. 애고애고 서러워라."

한참 이리 자진自盡하여 슬피 울 때 춘향 모는 영문도 모르고,

자진:제 스스로 목숨을 끊지 않고 저절로 죽게 함.

"애고 저것들 또 사랑 쌈 났구나. 어 참 아니꼽다. '눈 구석에 쌍가래가 설 일' 많이 보네."

하고, 아무리 들어도 울음이 장차 길기로, 하던 일을 밀쳐 놓고 춘향 방 영창 밖으로 가만가만 들어가며 아무리 들어도 이별이더라.

"허허 이것 별일 났다."

두 손뼉 땅땅 마주치며,

"허허 동네 사람 다 들어 보오, 오늘날로 우리 집에 사람 둘 죽습네."

두 칸 마루 덥석 올라 영창문을 두드리며 우루룩 달려들어 주먹을 겨누면서,

"이년 이년, 썩 죽어라. 살아서 쓸데 없다. 너 죽은 시체라도 저 양반이 지고 가게. 저 양반 올라가면 뉘 간장을 녹이려느냐? 이년 이년 말 듣거라. 내 일상 이르기를 후회되기 쉽느니라. 도도한 마음 먹지 말고 여염 사람 가리어서 형세形勢와 지체가 너와 같고 재주와 인물이 모두 너와 같은 봉황의 짝을 얻어 내 앞에서 노는 양을 내 눈으로 보았으면 너도 좋고 나도 좋지. 마음이 도도하여 남과 별로이 다르더니 잘되고 잘되었다."

두 손뼉 꽝꽝 마주치면서 도련님 앞에 달려들어,

"나와 말 좀 하여봅시다. 내 딸 춘향을 버리고 간다 하니 무슨 죄로 그러시오? 춘향이가 도련님을 모신 것이 거의 일 년 되었으니 행실이 그르던가, 예절이 그르던가, 바느질이 그르던가, 언어가 불순하던가, 잡스런 행실을 가져 노류장화路柳墻花와 같이 음란하던가. 무엇이 그르던가. 이 봉변이 웬 일인가. 군자가 숙녀를 버리는 법, 칠거지악七去之惡 아니

형세:살림살이 형편.

노류장화:길가의 버들이나 담장에 핀 꽃처럼 꺾기 쉬운 여자. 창녀.

면 못 버리는 줄 모르는가? 내 딸 춘향 어린 것을 밤낮으로 사랑할 때, 안고 서고 눕고 지며 백 년, 삼만 육천일을 떠나서 살지 말자 하고 밤낮으로 어루더니 말경에 가실 때는 뚝 떼어버리시니 버드나무 가지가 많다 한들 가는 봄바람을 어이 막으며 꽃 지고 잎 진 다음에 그 어느 나비 다시 올까. 백옥 같은 내 딸 춘향의 꽃 같은 몸도 세월이 장차 늙어 고운 얼굴이 백수白首되면 시호시호時乎時乎 부재래不再來라 다시 젊어지지는 못하는 것이니 무슨 죄가 많아서 백년을 헛되이 하오릿가, 도련님 가신 후에 내 딸 춘향 임 그릴 때 달 밝은 깊은 밤에 쌓이고 쌓인 수심에 어린 것이 남편 생각 저절로 나서 초당 앞 섬돌 위에, 담배 피워 입에 물고 이리저리 다니다가 불꽃 같은 시름과 임 생각이 가슴에서 솟아나 손들어 눈물 씻고 후유 한숨을 길게 쉬고, 북편을 가리키며 '한양 계신 도련님도 날과 같이 괴로우신지, 무정하여 아주 잊고, 편지 한장 아니 하신가?' 하고 잦은 한숨과 듣는 눈물로 곱고 어여쁜 얼굴 다 적시고 제 방으로 들어가서 의복도 아니 벗고 외로운 베개 위에 벽을 안고 돌아누워 밤낮으로 길게 한숨 지며 우는 것은 병 아니고 무엇이요?

시호시호 부재래 : 때가 가면 다시 오지 않는 법이란 말.

시름 상사 깊이 든 병 내 고쳐 주지 못하여 원통히
죽는다면 육십 당년 늙은 것이 딸 잃고 사위 잃고
태백산 가마귀가 게발을 물어다 던지듯이 혈혈단
신 이내 몸이 뉘를 믿고 산단 말인가. 남 못 할 일
그리마오. 애고애고 서럽구나. 못 하시요, 몇 사람
신세를 망치려고 아니 다려가오? 도련님 대가리가
둘 돋쳤소? 애고 무서워라 이 쇳띵띵아."

　왈칵 뛰어 달려드니, 이 말 만일 사또 귀에 들어
가면 큰 야단이 나겠거든,

　"여보소, 장모. 춘향만 데려가면 그만 아니요."

　"그래 아니 데려가고 견뎌낼까?"

　"너무 덤벼들지 말고 여기 앉아 말 좀 듣소. 춘향
을 데려간대도 가마쌍교駕馬雙轎 말을 태워 가자 하
니 필경에는 이 말이 날 것인즉 달리는 변통할 수
없고 내 이 기막힌 중에서도 꾀 하나를 생각하고
있네마는 이 말이 입밖에 나면 양반 망신만 하는
게 아니라, 우리 선조 양반이 모두 망신을 할 일이
로세."

　"무슨 말이 그리 좋은 말이 있단 말인가?"

　"내일 내행內行이 나오실 때 내행 뒤에 신주 모신
짐이 나올 터이니 배행陪行은 내가 하겠네."

"그래서 어쩐다는 것이요?"

"그만하면 알겠지."

"나는 그 말 모르겠소."

"신주神主는 모셔내어 내 창옷 소매에다 모시고 춘향은 요여腰輿에다 태워 갈밖에 수가 없네. 걱정 말고 염려 마소."

춘향이 그 말 듣고 도련님을 물끄러미 바라보더니,

"마소 어머니, 도련님 너무 조르지 마소. 우리 모녀의 평생 신세가 도련님의 장중에 매였으니 알아하시라 당부나 하오. 이번엔 아무래도 이별할 밖에 수가 없사오니, 기왕에 이별이 될 바에는 가시는 도련님을 어이 조르리까마는 우선 가깝하여 그러는 것 아니요? 어머니 그만 건넌방으로 가옵소서."

"내일은 이별이 되는가 보오. 애고애고 내 신세야 이별을 어찌할꼬. 여보, 도련님."

"왜야?"

"여보, 참으로 이별을 할 터이요?"

촛불을 돋워 켜고 둘이 서로 마주 앉아 갈 일을 생각하고, 보낼 일 생각하니 정신이 아득하고 한숨질과 솟는 눈물에 흐느껴 울며 얼굴도 대어보고 손

창옷:웃옷의 한 가지.

요여:장사 뒤에 혼백과 신주를 모시고 돌아오는 작은 가마.

발을 만져보며,

"날 볼 날이 몇 밤이오? 애닯다 나쁜 수작도 오늘 밤이 마지막이니 나의 서러운 원정 들어 보오. 육순에 가까운 저의 모친 일가친척 하나 없고 다만 외딸 저 하나라. 도련님께 의탁하여 영귀할까 바랐더니 조물造物이 시기하고 귀신이 방해하여 이 지경이 되었구나. 애고애고 내 일이야. 도련님 올라가면 나는 누구를 믿고 사오리까? 천추千秋에 사모치는 나의 회포 주야 생각 어이하리. 배꽃, 복사꽃 활짝 필 때, 물가 놀이 어이하며, 황국 단풍 늙어갈 때, 외로운 시절을 어이할꼬. 독수공방 긴긴 밤에, 전전반칙 어이하리, 쉬나니 한숨이요, 뿌리나니 눈물이라. 적막강산 달 밝은 밤에 두견새 우는 소리를 누가 막을 것이오며, 상풍고절霜風孤節 만리변萬里邊에 짝 찾는 저 기러기 우는 소리 뉘라서 금하오며 춘하추동 사시절에 첩첩이 싸인 경물景物 보는 것도 수심이요 듣는 것도 수심이라."

애고애고 슬피 울 때 이도령이 하는 말이,

"춘향아, 우지 마라. 부수소관첩재오夫戍蕭關妾在吳라 (남편은 소관이라는 변방에 수자리 살이 가 있고 아내는 오 나라에 남아 있다) 소관의 부수들과 오 나라 정부

상풍고절:어떠한 어려운 곤경에 처해도 굽히지 않는 높은 절개.

정부:출정한 군인의 아내.

征婦들도 동서쪽에 간 임이 그리워 규중심처閨中深處 늙어 있고 정객관산노기중征客關山路畿重(출정한 군인 아내의 남편은 고향 산천에서 얼마나 떨어져 있을까) 에 관산의 정객征客이며 녹수부용綠水芙蓉 연뿌리를 캐는 여자 부부신정夫婦新情이 두텁다가 달빛 어린 가을 산이 고요한데 연을 키워 임 생각하니 나 올라 간 뒤에라도 창 앞에 달 밝거든 천리상사千里相思 부디 마라. 너를 두고 가도 내가 일일 평분平分 십이시를 낸들 어이 무심하랴. 우지 마라, 우지 마라."

춘향이 또 우는 말이,

"도련님 올라가면 살구꽃 피고 봄바람 부는 거리거리마다 취하는 게 장진주將進酒요, 청루미색靑樓美色 집집마다 보시나니 미색이요, 곳곳에 풍악소리 간 곳마다 화월花月이라. 호색好色하신 도련님 주야로 호강하실 때에 나 같은 먼 시골 천첩이야 손톱만치나 생각하오리까? 애고애고 내 일이야."

"춘향아, 우지 마라. 한양성 남북촌에 옥 같은 여자와 아름다운 여자가 많건마는 규중심처 깊은 정 너밖에 없었다. 내 아무리 대장부인들 잠시인들 잊을소냐?"

서로 피차 기가 막혀 연연戀戀 이별 못 떠나는 것

정객:여행하는 사람.
녹수부용:푸른 물과 연꽃. 아름다운 여인을 형용하는 말.

이었다.

　도련님을 모시고 갈 후배사령後陪使令이 나올 때에 헐떡헐떡 들어오며,

　"도련님 어서 행차 하옵소서. 안에서 야단났소. 사또께옵서 도련님 어디 가셨느냐? 하옵기에 소인이 여쭙기를 '놀던 친구 작별하려고 문밖에 잠깐 나가셨습니다' 라고 하였사온즉 어서 행차하옵소서."

　"말 대령하였느냐?"

　"말 마침 대령하였소."

　'백마욕거장시白馬欲去長嘶 청아석별견우靑娥惜別牽牛 (백마는 가자고 길게 울고 미녀는 석별을 이기지 못하여 옷을 잡는다).' 말은 가자고 네굽을 치는데 춘향은 마루 아래 뚝 떨어져 도련님 다리를 부여잡고,

　"날 죽이고 가면 갔지 살리고는 못 가고 못 가느니."

　말 못하고 기절하니 춘향 모 달려들어,

　"향단아, 찬물 어서 떠오너라. 차를 다려 약 갈아라. 네 이 몹쓸 년아 늙은 어미 어쩔려고 몸을 이리 상하느냐?"

　춘향이 정신 차려,

후배사령 : 뒤에 모시고 따르는 사령.

"애고 갑갑하여라."

춘향의 모가 기가 막혀,

"여보 도련님, 남의 생때 같은 자식을 이 지경이 웬일이요? 절곡節曲한 우리 춘향 애통하여 죽게 되면 혈혈단신 이내 신세 누구를 믿고 살란 말이요?"

도련님 어이없어,

"여봐라 춘향아, 네가 이게 웬 일이냐? 나를 영영 안 보려느냐? 하량낙일수운기河梁落日愁雲起(황혼에 물드는 하량교에 수심 잠긴 구름이네)는 소통국蘇通國의 모자 이별, 정객관산노기중征客關山路幾重(수자리 사는 국경까지는 길이 얼마나 멀까)의 오희월녀吳姬越女 부부 이별, 편삽수유소일인編揷茱萸少一人(모두 수유를 머리에 꽂았는데 다만 나 한 사람이 없을 뿐이로다) 용산龍山의 형제이별, 서출양관무고인西出陽關無故人(서쪽으로 양관을 나면 고인이 없으리라)은 위성渭城의 붕우 이별, 그런 이별 많다 해도 소식 들을 때가 있고 서로 만날 날이 있었으니 내가 이제 올라가서 장원급제하고 출신하여 너를 데려갈 것이니 울지 말고 잘 있거라. 울음을 너무 울면 눈도 붓고 목도 쉬고 골머리도 아프니라. 돌이라도 망두석望頭石은 천만년이 지나가도 광석壙石될 줄은 모르며 나무라도 상사

소통국의 모자 이별: 중국 한 나라 때 흉노에 사신으로 가서 억류되었던 소무가 그곳 여인과 결혼하여 낳은 아들이 소통국이다. 소통국이 그 어머니 호녀胡女와 이별한 고사.

오희월녀: 오와 월 지방의 여인.

망두석: 무덤 앞에 세우는 여덟 모로 깎은 한 쌍의 돌기둥.

목相思木은 창 밖에 우뚝 서서 일 년 춘절 다 지나되 잎이 필 줄 모르며 병이라도 울화병은 자나 깨나 잊지 못하고 죽느니라. 네가 나를 보려거든 설워 말고 잘 있거라."

춘향이 할 수 없어,

"여보 도련님, 내 손의 술이나 마지막으로 잡수시오. 행찬行饌 없이 가시려면 제가 드리는 찬합 간직하셨다가 숙소참에서 주무실 때에 저 본 듯이 잡수시오. 향단아, 찬합 술병 내오너라."

춘향이 한 잔 술 가득 부어 눈물 섞어 드리면서 하는 말이,

"한양성 가시는 길에 강가에 늘어선 푸른 나무들은 제 작별의 서러움을 머금었으니 제 정을 생각하시고 아름다운 시절이 되어 가는 비가 뿌리거든 길 위에 오가는 사람의 가슴에는 수심이 가득 차겠지요. 말에 오른 채 지치시어 병이 날까 염려되니, 풀이 향기롭고 무성한 저문 날에는 일찍 들어 주무시고 아침 날 비바람이 부는 날에는 늦게야 떠나시며, 한 채찍 천리마로 모실 사람 없사오니 부디부디 천금 같이 귀하신 몸 조심하여 천천히 걸으시옵소서. 푸른 가로수가 우거져 늘어선 진 나라 서울

광석:무덤 속에 묻는 지석.

행찬:여행 또는 소풍 때 가지고 가는 반찬.

길 같은 길에 평안히 행차하옵시고 일자一字 소식
듣사이다. 종종 편지나 하옵소서."

도련님 하는 말이,

"소식 듣기는 걱정 말아. 요지瑤池의 서왕모西王母도
주목왕周穆王을 만나려고 한 쌍의 파랑새를 보내어
수천리 멀고 먼 길에 소식을 전하였으며 한무제漢武
帝 중랑장中郎將은 상림원上林苑 군부君夫 앞에 일척의
금서錦書를 보냈으니 흰 비둘기와 파랑새가 없을 망
정 남원인편南原人便조차 없을소냐. 서러워 말고 잘
있거라."

말을 타고 하직하니, 춘향이 기가막혀 하는 말이,

"우리 도련님이 '가네가네' 하여도 거짓말로 알
았더니 말타고 돌아서니 참말로 가는구나."

춘향이가 마부 불러,

"마부야, 내가 문밖에 나설 수가 없는 터이니 말
을 붙들어 잠깐 지체하여라. 도련님께 한 말씀 여
쭐란다."

춘향이 내달아,

"여보 도련님, 이제 가시면 언제나 오시려오. 사
철 소식 끊어질 절絶 보내느니 아주 영절永絶, 녹죽
창송綠竹蒼松, 백이숙제伯夷叔齊, 만고 충절忠節 천산千山

주목왕:소왕의 아들로
신선을 좋아하던 임금.
한무제:경제의 아들로
신선을 좋아함.
중랑장:중국 진한 때부
터 두었던 벼슬자리.
상림원:한무제의 궁정
정원.
금서:기러기 다리에 달
아 맨 서신.

백이숙제:은 나라 말기
의 두 절사.

에 조비절鳥飛絶(모든 산에는 새의 자취가 끊어지고),

와병臥病에 인사절人事絶(병들어 누웠으매 인적이 끊어

지고), 죽절竹絶, 송절松絶, 춘하추동 사시절, 끊어져

단절斷絶, 분절分絶, 훼절毁絶, 도련님은 날 버리고 박

절히 가시니 속절없는 이내 정절貞節, 독수공방 수절

할 때 어느때나 파절破節할꼬. 첩의 원정冤情 슬픈 고

절孤節, 주야 생각 미절未絶할제 부디 소식 돈절頓絶마

오."

훼절:절개를 깨트림.

　대문 밖에 꺼꾸러져 섬섬한 두 손길로 땅을 꽝꽝

치며,

　"애고애고 내 신세야."

　'애고' 일성一聲하는 소리, 황애산만풍소삭黃埃散漫風

蕭索이요, 정기무광일색박旌旗無光日色薄이라(하늘에 누

른 먼지 휘날리는데 바람은 쓸쓸하고, 깃발旌旗은 빛이

없는데, 햇빛은 저물어가네—백거이白居易의 「장한가長

恨歌」의 한 구절).

　엎어지며 자빠질 때 시원찮게 갈 양이면 몇 날 며

칠이 될는지 모를레라. 도련님이 타신 말은 준마가

편駿馬加鞭이 아니냐. 도련님 눈물 떨어뜨리고 훗기약

을 당부하고 말을 채쳐 가는 양은 광풍의 조각구름

과 같았더라.

준마가편:잘 달리는 말
에 채찍을 가함.

이 때 춘향이 할 일 없어 자던 침방으로 들어가 서,

"향단아! 주렴 걷고 안석案席 밑에 베개 놓고 문 닫아라. 도련님을 생시에는 만나보기 망연하니 잠 이나 들면 꿈에나 만나 보자. 예로부터 이르기를 꿈에 보이는 님은 신信이 없다고 일렀건만 답답히 기릴진대 꿈 아니면 어이 보리. 꿈아 꿈아 너 오너 라. 수심 첩첩 한이 되어 몽불성夢不成을 어이하랴. 애고애고 내 일이야. 인간 이별 만사 중에 독수공 방 어이하리. 임 그리며 잠 못 이루는 내 심정, 그 누구가 알아 주리. 미친 마음 이렁저렁 흩어진 근 심걱정 후리쳐 다 버리고 자나 누우나, 먹고 깨나 임 못 보아 가슴 답답, 어린 모습 고운 소리가 귀에 쟁쟁하여 보고지고 보고지고 임의 얼굴 보고지고, 듣고지고 듣고지고 임의 소리 듣고지고."

"전생의 무슨 원수로 우리 둘 생겨나서 그리운 상사相思, 한데 만나 잊지 말자 처음 맹세, 죽지 말 고 한데 있어, 백년기약 맺은 맹세, 천금 주옥은 꿈 밖이요. 세상의 모든 일을 관계하랴. 근원 흘러 물 이 되고 깊고 깊고 다시 깊고 사랑 모여 뫼가 되어 높고 높고 다시 높아 끊어질 줄 모르거늘 무너질

줄 어이 알리. 귀신이 방해하고 조물이 시기한다."

"하루 아침에 낭군을 이별하니 어느 날에 만나보리. 온갖 근심과 한이 가득하여 끝끝내 느끼워라. 옥안운빈玉顏雲鬂 헛되이 늙는 한이 해와 달이 무정하다. 오동추야 달 밝은 밤은 어이 그리 더디 새며 녹음방초 비낀 곳에 해는 어이 더디 가는고, 이 그리운 마음 알으시면 임도 나를 그리워하련만 독수공방 홀로 누워 다만 한숨 벗이 되고 구곡간장 굽이쳐서 솟아나니 눈물이라. 눈물 모여 바다 되고 한숨 지어 청풍 되면 일엽주를 잡아 타고 한양 낭군 찾으련만 어이 그리 못 보는고. 우수憂愁 명월明月 달 밝은 때 설심조군藝心竈君 느끼오니 분명한 꿈이로다. 달 걸린 밤 두견성은 임 계신 곳 비치련만 심중에 품은 수심 나 혼자 뿐이로다. 밤 빛이 창망한데 까물까물 비치는 게 창 밖에 개똥불빛, 밤은 깊어 삼경인데 앉았은들 임이 올까. 누웠은들 잠이 올까. 임도 잠도 아니 온다. 이 일을 어이하리. 아마도 원수로다.

"홍진비래興盡悲來 고진감래苦盡甘來(흥이 다하면 슬픔이 오고, 괴로움이 다하면 기쁜 일이 옴) 예로부터 있건마는 기다림도 적지 않고 그린 지도 오래건만,

옥안운빈:여자의 얼굴과 귀밑의 탐스러운 머리.

설심조군:마음을 불살라 부엌신에게 비는 것.

일촌一寸 간장에 굽이굽이 맺힌 한을 임 아니면 뉘 게다 풀꼬. 명천明天이여 보살피어 수이 보게 하옵소서."

"다하지 못한 인정 다시 만나 백발이 다하도록 이별 없이 살고지고. 묻노라 녹수청산, 우리 임 초췌한 행색, 갑자기 이별한 후에 소식조차 끊어졌구나. 인비목석人非木石 아닐진대 임도 응당 느끼리라. 애고애고 내 신세야."

하늘을 우러러 탄식하며 세월을 보내는데 이 때 도련님은 올라갈 때 숙소마다 잠 못 이뤄,

"보고지고 나의 사랑 보고지고. 낮이나 밤이나 잊지 못하는 우리 사랑, 날 보내고 그린 마음 속히 만나 풀으리라."

날이 가고 달이 감에 따라 일구월심 마음을 굳게 먹고 등과登科, 외방外方만 기다리더라.

외방:서울 밖의 모든 지방.

이 때 몇 달만에 신관新官 사또 났으되 자핫골 변학도卞學徒라 하는 양반이 오는데 문필도 유려하고 인물과 풍채도 활발하고 풍류 속에 달통하여 외입外入 속에 넉넉하되 흠이 있으니, 성정이 괴팍하고 사증邪症을 겸하여 혹시 실덕失德도 하고 오결誤決하는

사증:멀쩡한 사람이 때때로 미친 듯이 하는 짓.
오결:판결을 잘못함.

일이 간간이 있는 고로 아는 이들은 다 고집불통이라고 하였다. 신연新延 신연하인新延下人이 현신現身할 때에,

"사령들 현신이요!"

"이방이요!"

"감상監床이요!"

"수배首培요!"

"이방 부르라!"

"이방이요."

"그새 너의 골에 일이나 없느냐?"

"네 아직 무고하옵니다."

"네 골은 관노官奴가 삼남三南에서 제일이라지?"

"예, 부림직 하옵니다."

"또 네 골은 춘향이란 계집이 매우 잘 생겼다지?"

"예—."

"잘 있느냐?"

"무고하옵니다."

"남원이 예서 몇 리인고?"

"육백 삼십리로소이다."

"마음이 바쁜지라 급히 치행治行하라."

신연:이속들이 새로 부임하는 감사나 원을 맞이 하는 것.

신연하인:새로 온 수령을 맞이하는 하인.

현신:아랫사람이 상관을 뵘.

감상:요리나 음식상을 살피는 감독.

수배:후배 사령의 우두머리.

신연하인이 물러 나와,

"우리 골에 일이 났다."

이 때 신관 사또 출행出行날을 급히 받아 도임到任 차로 내려올 때 위의威儀도 장할시고. 구름 같은 별 연別輦에 한 마리의 말이 끄는 마차에 청장靑杖을 떡 벌리고, 좌우편을 부축하며 하인이 물색 진한 모시 철릭天翼, 백저전대白苧戰帶를 늘여 엇비슷이 둘러매고 대모관자 통영 갓을 이마에 눌러 숙여 쓰고 청장줄 검쳐 잡고,

"에라! 물렀거라! 나가거라."

출입할 때 감시가 지엄하고 좌우에 하인은 경마 뒤채 잡기에 힘을 쓴다. 통인이 말 고삐의 쌍 채찍 들고 갓 쓰고 행차를 배행하여 뒤를 따르고 수배首陪, 감상, 공방工房이며 신연 이방 의젓하다. 노자奴子 한 쌍, 사령 한 쌍, 양산으로 앞 뒤를 가리고 따르 며, 큰 길가에 갈라서고 백방白房 수주水紬 일산 복 판, 남수주藍水紬 선을 둘러 주석고리 얼른 얼른, 호 기 있게 내려올 때, 전후에 벽제소리 청산에 울려 퍼지고, 말을 재촉하는 높은 소리에 흰 구름이 무 색하더라.

전주全州에 도착하여 경기전慶基殿 객사에 연명延命

하고 영문에 잠깐 다녀 좁은 목을 썩 내달아 만마
관萬馬關 노구바위를 넘어, 임실任實을 얼른 지내어
오수獒樹 들러 점심먹고 그날로 도임할 때 오리정五里
亭으로 들어가더라.

천총千摠이 영솔하고 육방 하인 청로도清路道로 들
어올 때 청도기清道旗 한 쌍, 홍문기 한 쌍 주작朱雀,
남동각南東角, 남서각南西角, 홍초남문紅綃藍紋 한 쌍, 청
용靑龍 동남각東南角, 서남각西南角, 남초 한 쌍, 현무玄武
북동각北東角, 북서각北西角, 흑초黑綃 홍문 한 쌍, 동사
순시巡視 한 쌍, 영기令旗 한 쌍, 집사 한 쌍, 기패관旗
牌官 한 쌍, 군노 열두 쌍, 좌우가 요란하다.

행군 취타吹打 풍악 소리, 성동에 진동하고 삼현육
각三絃六角 천마성勸馬聲은 원근에 낭자하더라.

광한루에 보진하여 옷을 갈아입고 객사에 연명차
로 남여籃輿 타고 들어갈새 백성의 눈에 엄숙하게
보이려고 눈을 별로 궁글궁글하며 객사에 들어가
동현에 좌기坐起하고 도임상을 잡순 후에,

"행수行首 문안이오!"

행수 군관의 집례執禮를 받고 육방관속의 현신을
받은 뒤 사또 분부하되,

"수노首奴 불러서 기생 점고하라."

연명:수령이 궁궐을 상
징하는 궐패 앞에 나아
가 절을 하는 의식.

천총:각 영문營門의 장
교. 정3품의 벼슬 자리.

기패관:각 군영에 속하
는 하급 사관.

좌기:각 관아의 장이
자리에 나아가 집무함.

행수:한 무리의 우두머
리.

호장戶長이 분부 듣고, 기생 안책案冊 들여놓고, 호명을 차례로 부르는데 낱낱이 글귀를 붙여 부르는 것이더라.

"우후雨後 동산 명월明月이—."

명월이가 들어오는데 비단 치맛자락을 거듬거듬 걷어다가 가는 허리에 딱 붙이고 아장아장 들어오더니 점고 맞고, 격식 갖춘 걸음으로,

"나요—."

"어주축수 애산춘漁舟逐水愛山春(고기잡이 배는 물을 따라 산의 봄경치를 사랑함)에 양편 춘색이 아니냐, 도홍桃紅이—."

도홍이가 들어오는데 붉은 치맛자락을 걷어 안고 아장아장 조촐걸음으로 들어오더니 점고 맞고,

"나요—."

"단산丹山의 저 붕이 짝을 잃고 벽오동에 깃들이니 산수의 신령이요 나르는 벌레의 정精이라. 주려 죽을 망정 좁쌀이야 먹을 것이냐 굳은 절개 만수문전萬壽門前, 채봉彩鳳이—."

채봉이가 들어오는데 비단 치마 두른 허리 맵시 있게 걷어 안고 미인의 고운 걸음으로 단정히 옮겨 아장거려 들어와 점고 맞고 멋있는 진퇴로,

"나요—."

"맑고 고운 연꽃은 절개가 곧으며 꽃 중의 군자와 같으니라. 묻노라 저 연화蓮花 어여쁘고 고운 태도, 화중 군자 연심蓮心이—."

연심이가 들어오는데 비단옷을 걷어 안고 비단 버선 수놓은 신을 끌면서 아장거려 가만가만 들어오더니 맵시있는 진퇴로,

"나요—."

"화씨和氏같이 밝은 달 푸른 바다에 들었는데 형산 백옥荊山白玉 명옥明玉이—."

명옥이가 들어오는데 온 몸의 고운 태도, 오는 걸음 진중한데 아장아장 가만가만 들어오더니 점고 맞고 맵시 있는 진퇴로,

"나요—."

"구름은 엷고 바람은 가벼워 이제 한낮이 가까와 오는데 꽃을 찾아 버드나무 서 있는 곳을 따라 앞내를 지나가도다(이 대목은 정이程頤의 「우성시偶成詩」에서 '운담풍경근오천雲淡風輕近午天 방화수류과전천訪花隨柳過前川'을 인용한 것임), 양류편금楊柳片金의 앵앵鶯鶯이—."

앵앵이가 들어오는데 붉은 치맛자락을 에후리쳐

화씨:거짓말을 하지 않는 사람의 표본.

가는 버들가지 같은 허리에 딱 붙이고 아장아장 걸어 가만가만 들어오더니 점고 맞고 격식에 맞는 진퇴로,

"나요—."

사또 분부하되,

"자주 불러라!"

"예—."

호장이 분부 듣고 넉자 화도로 부르는데,

"광한전廣寒殿 높은 집에 복숭아를 바치오던 고운 선비 반겨보니 계향桂香이—."

"예—. 등대하였소."

"송하松下의 저 동자야 묻노라 선생 소식(이 대목은 가도賈島의 「방도자불우시訪道者不遇詩」 중에서 '송하문동자松下問童子 언사채약거言師採藥去'를 인용한 것임), 겹겹 청산의 운심雲深이."

"예—. 등대하였소."

"월궁에 높이 올라 계수나무 꽃을 꺾어 애절愛折이."

"예—. 등대하였소."

"차문주가 하처재借問酒家何處在(묻노니 술집이 어디에 있나뇨) 목동요지행화牧童遙指杏花(목동이 멀리 행화촌

화도:화두話頭인 듯, 노래를 부를 때 먼저 문자를 쓰는 것.
광한전:달나라에 있다는 상상의 궁전.

을 가리키더라) 행화杏花—."

"예—. 등대하였소."

"아미산에 뜬 달은 반쪽만 산마루에 보이는데, 달 그림자는 달 평강수平羌水에 비추어 강물 따라 흐르는구나(이 대목은 이백李白의 「아미산월가峨眉山月歌」 중 '아미산월반윤추峨眉山月半輪秋 영입평강수류影入平羌水流'를 인용한 것임), 강선江仙이—."

"예—. 등대하였소."

"오동 복판 거문고 타고 나니 탄금彈琴이—."

"예—. 등대하였소."

"팔월 부용, 군자의 모습, 만당춘수滿塘春水 홍련紅蓮이—."

"예—. 등대하였소."

"주홍빛 명주실 갖은 매듭, 차고 나니 금낭錦囊이—."

"예—. 등대하였소."

사또 분부하되,

"한꺼번에 열두서넛씩 부르라!"

호장이 분부 듣고 자주 부르는데,

"양대선陽臺仙, 월중선月中仙, 화중선花中仙이—."

"예—. 등대하였소."

"금선錦仙이, 금옥錦玉이, 금련錦蓮이―."

"예―. 등대하였소―."

"바람맞은 낙춘落春이."

"예―. 등대 들어가오."

낙춘이가 들어오는데 제가 잔뜩 맵시 있게 들어오는 체하고 들어오는데, 면도한다는 말은 듣고 이마에서 시작하여 귀 뒤까지 파헤치고, 분단장 한단 말은 들었던가 개분 석냥 일곱 돈어치를 무더기로 사다가 성城같이 회칠하듯 반죽하여 온 낯에다 막칠하고 들어오는데, 키는 사근내 장승만한 년이 치맛자락을 훨씬 추어다 턱 밑에 딱 붙이고 무논(水畓)의 곤이 걸음으로 쩔룩 껑충껑충 엉금섭적 들어오더니 점고 맞고,

사근내:광주와 고천 사이에 있는 땅 이름.

곤이:기러기과에 속한 보호조. 백조.

"나요―."

연연히 고운 기생도 그중에는 많건마는 사또께옵서는 근본 춘향의 말을 높이 들었는지라 아무리 들으시되 춘향의 이름 없는지라 사또 수노 불러 묻는 말이,

"기생 점고 다 되어도 춘향은 안 부르니 그년은 퇴기란 말이냐?"

수노首奴 여쭈오대,

"춘향 모는 기생이로되 춘향은 기생이 아니옵니다."

사또가 묻기를,

"춘향이가 기생이 아니면 어찌 규중에 있는 아이의 이름이 높이 났느냐?"

수노 여쭈오되,

"근본이 기생의 딸이옵고 덕색德色이 장한 고로 권문세족 양반네와 일등재사 한량들과 내려오신 사또마다 구경코자 간청하되 춘향 모녀 듣지 않기로 양반상하를 막론하고 액내額內의 소인들도 십년 일득 대면하되 언어와 수작이 없었더니, 천정하신 연분인지 구관 사또 자제인 이도령과 백년기약 맺사옵고 도련님 가실 때에 과거에 급제하면 다려가자 당부하고 춘향이도 그리 알고 수절하여 있습니다."

액내:한집안 사람.

사또 골을 내어,

"이놈, 무식한 상놈인들 그게 어떠한 양반이라고 엄부시하嚴父侍下요, 장가 들기 전의 도련님이 화방花房에 작첩作妾하여 살자 할까? 이놈, 다시는 그런 말을 입 밖에 냈다가는 죄를 면치 못하리라. 이미 내가 저 하나를 보려고 하다가 못보고 그저 가랴. 잔말 말고 불러오라."

춘향을 부르라는 명령이 내리자 이방, 호방이 여 짜오되,

"춘향이가 기생이 아닐 뿐 아니오라, 전 사또 자제 도련님과 맹약이 중하옵고, 나이는 같지 아니하오나 동반同班의 분의分義로 부르라 하시니, 사또님 체모가 손상할까 걱정되나이다."

분의:동등한 양반.

사또 크게 노하여,

"만일 춘향을 시각 지체하다가는 이방吏房 형방刑房들 이하 각청 두목을 하나같이 파면시켜 버릴 것이니 어서 빨리 대령시키지 못할까?"

육방이 소동을 치고 각청 두목이 넋을 잃어,

"김번수金番手야, 이번수李番手야, 이런 별일이 또 있느냐? 불쌍하도다. 춘향 정절이 가련하게 되기 쉽다. 사또 분부 지엄하니 어서가자, 바삐 가자."

사령관노使令官奴 뒤섞여서 춘향집 문전에 당도하니, 이 때 춘향이는 사령이 오는지 군노軍奴가 오는지 모르고, 주야로 도련님만 생각하여 우는데, 망측한 환患을 당하려 하니 소리가 화평할 수 있으며, 한 때라도 공방空房 살이 할 계집아이라, 목청은 청승이 끼어 자연 슬픈 애원성이 되는 것이어서, 보고 듣는 사람의 심장인들 아니 상할소냐. 임 그리

위 설운 마음 식불감食不甘 밥 못먹고 침불안석寢不安席 잠 못 자고, 도련님 생각 적상積傷되어 피골皮骨이 모두 다 상접이라. 양기가 쇠진하여 진양조盡陽調란 울음이 되어,

"갈까부다. 갈까부다, 임을 따라 갈까부다. 천리라도 갈까부다. 만리라도 갈까부다. 비바람도 쉬어 넘고, 길들인 매거나 길 안 들인 매거나, 해동청 보라매도 쉬어 넘는 고봉정상高峰頂上 동선령洞仙嶺 고개라도 임이 와 날 찾으면 나는 신발 벗어 손에 들고 나는 아니 쉬어갈래. 한양 계신 우리 낭군, 나와 함께 그리는가. 무정하여 아주 잊고 나의 사랑을 옮겨다가 다른 임을 사랑하는가."

한참 이리 섧게 울 때 사령들이 춘향의 슬픈 소리를 듣고 사람이 나무나 돌이 아닌 바에야 감심感心되지 않을 수 없다. 육천 마디의 사대육신四大六身이 낙수춘빙落水春氷 얼음 녹듯 탁 풀리어,

"대체 이 아니 참 불쌍하냐? 이에 외입한 자식들이 저런 계집을 추앙하지 못하면 사람이 아니로다."

이 때 재촉사령이 나오면서,

"이리 오너라!"

외치는 소리에 춘향이 깜짝 놀라 문틈으로 내다
보니 사령군노들이 나왔구나.

"아차차, 잊었네. 오늘이 그의 삼일 점고라 하더
니 무슨 야단이 났나 보다."

밀창문 여닫기며,

"허허 번수番手님네 이리 오소, 이리 오소, 오시기
뜻밖이네. 이번 신연新延길에 노독이나 아니 났으며
사또 정체政體 어떠하며, 구관댁에 가보셨으며, 도련
님 편지 한 장도 아니 하시던가. 내가 지난 날에는
양반을 모시기로 이목이 번거롭고 도련님 정체가
유달라서 모르는 체하였건만, 마음조차 없을손가.
들어가세, 들어가세."

김번수며 이번수며 여러 번수 손을 잡고 제 방에
앉힌 후에 향단을 불러,

"주반상 들여라."

취하도록 먹인 후에 궤 문을 열고 돈 닷 냥을 내
어 놓으며,

"여러 번수님네. 가시다가 술이나 잡숩고 가옵소
서. 뒷일이 없게 하여 주오."

사령관들이 약주에 취하여 하는 말이,

"돈이라니 당치도 않다. 우리가 돈 바래고 네게

정체:정치의 형편과 체
례.

왔겠느냐?" 하며,

"들여 놓아라."

"김번수야, 네게 차라."

"할 수 없다만은, 입수 옳으냐?(사람의 수에 맞게 돈이 있는가)"

돈받아 차고 흐늘흐늘 들어갈 때 행수 기생이 나온다.

행수 기생이 나오며 두 손뼉 딱딱 마주치면서,

"여봐라 춘향아, 말듣거라 너만한 정절은 나도 있고 너만한 수절은 나도 있다. 너만한 정절이 왜 없으며 너만한 수절이 왜 없느냐? 정절부인 애기씨, 수절부인 애기씨, 조그마한 너 하나로 말미암아 육방이 소동하고, 각청 두목이 다 죽어난다. 어서 가자 바삐 가자."

춘향이 할 수 없어 수절하던 그 태도로 대문 밖에 썩 나서며,

"형님 형님 행수 형님, 사람의 괄세를 그리 마오. 그대라고 대대 행수이며, 나라고 대대로 춘향인가. 인생일사도무사人生一死都無事(사람이 한번 죽으면 아무 일도 없게 됨) 한 번 죽지 두 번 죽나."

이리 비틀 저리 비틀 동헌에 들어가,

"춘향이 대령하였소."

사또 보시고 크게 기뻐하며,

"춘향이가 틀림없구나. 대상^{臺上}으로 오르거라."

춘향이 상방^{上房}에 올라가 무릎을 여미고 단정히 앉을 뿐이다. 사또가 크게 혹하여,

상방:관청의 우두머리 가 있던 방.

"책방에 가서 회계^{會計} 나릿님을 오시래라."

회계 생원이 들어오는 것이더라.

사또 크게 기뻐,

"자네 보게. 저게 춘향일세."

"하, 그년 매우 이쁜데. 잘 생겼소. 사또께서 서울 계실 때부터 춘향, 춘향 하시더니 한 번 구경할 만 하오."

사또 웃으며,

"자네 중신하겠나?"

이윽히 앉았더니,

"사또께서 애당초에 춘향이 부르시지 말고 매파를 보내어 보시는게 옳을 것을 일이 좀 경^輕하였소 마는 이미 불렀으니 아마도 혼사 할밖에 수가 없소."

사또 크게 기뻐하며 춘향더러 분부하되,

"오늘부터 몸 단장 정히 하고 수청을 거행하라."

"사또님 분부 황송하나 일부종사 바라오니 분부 시행 못하겠소."

사또가 칭찬하여 말하기를,

"아름답고 아름답도다. 네가 진정 열녀로다. 네 정절 굳은 마음 어찌 그리 어여쁘냐. 당연한 말이로다. 그러나 이수재(이도령)는 경성 사대부의 자제로서 명문귀족의 사위가 되었으니, 한때 사랑으로 잠깐 희롱하던 너를 조그만치나 생각하겠느냐? 너는 본시 절행節行이 있어 평생을 수절하다가 고운 얼굴이 늙어지고 백발이 드리우면 무정세월이 흐르는 물 같음을 탄식할 때 불쌍하고 가련한 게 너아니냐. 네 아무리 수절한들 너를 열녀로 표창하여 줄 사람이 어데 있느냐? 그는 다 버려 두고 네 고을 관장에게 매이는 것이 옳으냐, 아니면 동자놈에게 매이는 것이 옳으냐? 네가 말을 좀 하여라."

춘향이 여쭈오대,

"충신은 두 임금을 섬기지 않으며 열녀는 두 남편을 섬기지 않고 절개를 지킨다 함을 본받고자 하옵는데, 수차로 분부가 이러하오니 사는 것이 죽느니만 못하옵고, 정절이 있는 여자는 두 남편을 섬기지 못하오니 처분대로 하옵소서."

이 때 회계나리가 썩 나서며 하는 말이,

"네 여봐라! 그년 요망한 년이로고. 부유일생소천하蜉蝣一生小天下 천하에 일색이라. 네 여러번 사양할 게 무엇이냐? 사또께옵서 너를 추앙하여 하시는 말씀인데 너 같은 창기배娼妓輩에게 수절이 무엇이며 정절이 무엇인가. 구관은 전송하고 신관을 영접함이 법전法典에 당연하고 사례에도 당당하거든 고이한 말 내지마라! 너 같은 천한 기생 무리에 충렬忠烈두 자가 어디 있느냐?"

이 때 춘향이는 하도 기가 막혀 천연히 앉아 여쭈오되,

"충효忠孝 열녀에 상하 있소? 자상히 들으시오. 기생으로 말합시다. 충효열녀 없다하니 낱낱이 아뢰리다. 해서海西 기생 농선弄仙이는 동선령洞仙嶺에 죽어 있고, 선천宣川 기생은 아이로되 칠거학문 들어 있고, 진주晉州 기생 논개論介는 우리 나라 충렬로서 충열문忠烈門에 모셔 놓고 두고두고 제사를 지내오며, 청주淸州 기생 화월花月이는 삼층각三層閣에 올라 있고 평양 기생 월선月仙이도 충열문에 들어 있고, 안동安東 기생 일지홍은 생열녀문生烈女門 지은 후에 정경가자貞敬加資 있사오니 기생을 너무 업수이

부유일생소천하 : 하루살이 같은 인생이 천하를 업신여김.

해서 : 황해도.

충열문 : 의기사義妓祠를 일컬음.
생열녀문 : 살아 있을 때 세운 열녀문.

| 111 |

보지 마옵소서."

춘향이 다시 사또 앞에 여쭈오되,

"당초 이수재李秀才 만날 때에 태산泰山과 서해西海의 굳은 마음 소첩의 일심정절一心貞節을 맹분孟賁 같은 용맹으로 빼어 내지 못할 터요, 소진蘇秦과 장의張儀의 말 재주인들 첩의 마음 옮겨가지 못할 터이요, 공명孔明 선생의 높은 재주는 동남풍을 빌었으되 일편단심 소녀의 마음은 굴복시키지 못하리다. 기산箕山의 허유許由는 요임금의 대리됨을 받지 아니하였고, 서산의 백숙양인伯叔兩人 주 나라의 쌀을 먹지 아니 하였으니, 만일 허유가 없었으면 고도지사高蹈之士 누가 하며 만일 백이 숙제가 없었으면 난신亂臣과 적자賊子가 많으리다. 첩인이 비록 천하다 하여도 허유와 백이 숙제를 모르리까. 사람의 첩이 되어 지아비를 배반하고 집안을 버리옴이, 벼슬하는 관장님네의 임금을 배반함과 같사오니 처분대로 하옵소서."

사또 크게 노하여,

"이년, 들어라. 나라에 반역하는 죄는 능지처참陵遲處斬하게 되고 관장을 조롱하는 죄는 기시율棄市律에 처한다고 써 있으며, 관장을 거역한 죄는 엄중한

정경가자 : 문무관의 아내와 정상품 통정대부의 품계에 오름.

맹분 : 중국 제 나라의 용사 이름.
소진 : 중국 전국시대의 종횡가. 6국을 합하여 진 나라와 대항하되 그가 합한 나라의 우두머리가 됨.
장의 : 전국시대의 종횡가. 6국을 연합하여 진을 다스렸음.
허유 : 요임금 시대의 지조 높은 선비.
고도지사 : 행실과 지조가 고상한 선비. 은둔지사.
난신과 적자 : 나라를 어지럽히고 반역하는 신하.

능지처참 : 머리 · 몸 · 손 · 발을 토막치는 극형.
기시율 : 죄인의 시체를 저자에다 버리던 중국의 형벌.

형벌에 처하고 정배定配 보내느니라. 죽는다고 설워
마라."

춘향이 악 쓰며,

"유부녀를 겁탈하는 것은 죄가 아니고 무엇이
요?"

사또는 기가 막혀 어찌나 분하던지 연상硯床을 두
드릴 때 탕건이 벗어지고 상투고가 탁 풀리고 첫
마디에 목이 쉬어,

"이년을 잡아 내려라!"

호령하니, 골방의 수청 통인이,

"예—."

하고 달려들어, 춘향의 머리채를 주루루 끌어내
며,

"급창!"

"예—."

"이년 잡아 내려라!"

춘향이가 뿌리치며,

"놓아라."

중계로 내려가니 급창이 달려들어,

"요년 요년, 어떠하신 존전尊前이라고 대답이 그러
하고 살기를 바랄소냐?"

연상:문방 제구를 늘어
놓아 두는 작은 책상.

존전:존경하는 사람의
앞.

대뜰 아래 내려치니 맹호같은 군노 사령들이 벌
떼 같이 달려들어 감태^{甘苔} 같은 춘향의 머리채를 어
린 시절 연실감듯, 뱃사공의 닻줄 감듯, 사월팔일
등대^{燈臺} 감듯 휘휘 친친 감아 쥐고 동댕이쳐 엎지
르니, 불쌍하다 춘향 신세 백옥 같던 고운 몸이 육
자백^{六字柏}으로 엎어졌구나. 좌우에 나졸들이 늘어서
서 능장^{稜杖}, 곤장^{棍杖}, 형장^{刑杖}이며 주장^{朱杖}을 짚고,

"아뢰라! 형리^{刑吏}를 대령하라!"

"예—. 머리 숙여라! 형리요."

사또는 어찌나 분이 났던지 벌벌 떨며 기가막혀
'허푸허푸' 하며,

"여봐라! 그년에게 무슨 다짐이 필요하리. 묻지
도 말고 형틀에 올려 매고 골통을 부수고 물고장<sup>物故
狀</sup>을 올리라!"

춘향을 형틀에 올려 매고 옥사장의 거동을 봐라.
형장이며 태장이며 곤장이며 한 아름 담쑥 안아다
가 형틀 아래 좌르륵 부딪치는 소리에 춘향의 정신
이 혼미한다. 집장사령의 거동을 봐라. 이놈도 잡
고 능청능청 저놈도 잡고서 능청능청 등심 좋고 빳
빳하고 잘 부리는 놈 골라잡고 오른 어깨 벗어 메
고 형장^{刑杖}을 집고 청령^{聽令}이 내리기를 기다릴 때,

감태:김의 일종.

육자백:六자형으로 엎
어져 있는 것.

능장:사람을 형벌할 때
쓰던 모가 난 몽둥이.
주장:붉은 칠을 한 몽
둥이.

물고장:죄인 죽인 것을
보고하는 글.

"분부 받아라. 그년을 사정 두고 허장虛杖하여서는 당장에 목을 자를 것이니 각별히 매우 쳐라."

집장사령이 여쭙기를,

"사또님의 분부가 지엄한데 저런 년을 무슨 사정私情 두오리까? 이년 다리를 까딱 마라! 만일 요동하였다가는 뼈 부러지리라."

호통하고 들어서서 검장檢杖 소리 발맞추어 서면서 가만히 하는 말이,

"한 두 개만 견디소. 어쩔 수가 없네. 요다리는 요리 틀고 저 다리는 저리 트소."

"매우 치라!"

"예─잇, 때리오."

딱 붙어서 부러진 형장개비는 푸루룩 날아 공중에 잉잉 솟아 상방上房 대뜰 아래 떨어지고 춘향이는 아무쪼록 아픈 데를 참으려고 이를 북북 갈며 고개만 빙빙 두르면서,

"애고 이게 웬 일이어!"

곤장, 태장을 치는 데는 사령이 서서 하나 둘 세건마는 형장부터는 법장法杖이라 형리와 통인이 닭싸움하는 모양으로 마주 엎디어서 하나 치면 하나 긋고, 둘 치면 둘 긋고, 무식하고 돈 없는 놈이 술

허장:거짓으로 때림.

법장:법으로 정해진 형벌 몽둥이.

집 바람벽에 술값 긋듯 그어 놓으니 한 일 자가 되었구나. 춘향이는 저절로 설움에 겨워 맞으면서 우는데,

"일편단심 굳은 마음은 일부종사의 뜻이오니, 한 낱 매를 친다고 일 년이 다 못 가서 조그만치라도 내 마음 변하오리까?"

이 때 남원부의 한량이며 남녀노소 없이 모두 모여 구경할 때 좌우의 한량들이,

"모질구나 모질구나. 우리 골 원님이 모질구나. 저런 형벌이 또 있으며 저런 매질이 또 있을까? 집 장사령을 눈 익혀 두어라. 삼문 밖에 나오면 급살^{急殺}을 주리리라."

보고 듣던 사람들은 모두 눈물을 흘리더라.

두 번째의 매를 치니,

"이부절二夫節을 아옵는데 두 남편을 섬기지 않는 내 마음 이 매 맞고 아주 죽어도 이도령은 못 잊겠소."

이부절:두 남편을 섬기지 않는 절개.

세 번째 매를 치니,

"삼종지례三從之禮 중한 법 삼강오륜三綱五倫 알았으니 세 차례의 형문刑問을 받고 정배定配를 갈지라도 삼청동에 계시는 우리 낭군 이도령을 못 잊겠소."

삼종지례:여자가 어려서는 어버지를, 결혼해서는 남편을, 늙어서는 아들을 따라야 한다는 세 가지 예.

네 번째 매를 치니,

"사대부 사또님은 사민공사四民公事 살피지 않고 위력공사威力公事만 힘을 쓰니 사십팔방 남원백성 원망함을 모르시오. 사지四肢를 가른대도 죽으나 사나 함께 하는 우리 낭군 사생간에 못잊겠소."

다섯 번째 매를 탁 치니,

"오륜五倫 윤기倫紀 그치지 않고 부부유별夫婦有別 오행五行으로 맺은 연분 올올이 찢어낸들 오매불망 우리 낭군 온전히 생각나네. 오동추야 밝은 달은 임 계신 데 보련마는 오늘이나 편지 올까. 내일이나 기별 올까. 무죄한 이내 몸이 비명에 죽을 리 없사오니 오결誤決 죄수 마옵소서. 애고애고 내 신세야."

여섯 번째 매를 치니,

"육육은 삼십육으로 낱낱이 고찰하여 육만 번 죽인데도 육천 마디 얽힌 사랑 맺힌 마음 변할 수 전혀 없소."

일곱 번째 매를 치니,

"칠거지악七去之惡 범하였소? 칠거지악이 아니어든 칠개형문七個刑問이 웬일이요? 칠척검七尺劍 드는 칼로 동강동강 잘라서 이제 바삐 죽여 주오. 치라 하는 저 형방아 칠 때마다 살피지 마오. 칠보홍안七

형문:정갱이를 형장으로 때리는 형벌.
사민공사 : 사 · 농 · 공 · 상 네 신분의 일과 관청과 공공단체의 일.

윤기:윤리와 기강.

^{貧紅顏} 나 죽겠네."

여덟 번째 매를 치니,

"팔자 좋은 춘향 몸이 팔도 방백^{方伯} 수령^{守令} 중에 제일 명관 만났구나. 팔도방백 수령님네 치민^{治民}하려 내려왔지 악형^{惡刑}하려 내려왔나?"

아홉 번째 매를 치니,

"구곡간장^{九曲肝腸} 구비 썩어 이내 눈물 구년지수^{九年之水} 되겠구나. 구고청산^{九皐靑山} 장송 베어 청강선^{淸江船} 무엇 타고 한양성중 급히 가서 구중궁궐^{九重宮闕} 나랏님께 구구히 억울한 사정을 여쭈옵고 구정^{九庭} 뜰에 물러나와 삼청동을 찾아가서 굽이굽이 반겨 만나 우리 사랑 맺힌 마음을 마음껏 풀련마는."

열 번째 매를 치니,

"십생구사^{十生九死}할지라도 팔십 년 정한 뜻을 십만 번 죽인대도 가망 없고 어찌할 수 없게 되지. 십육 세 어린 춘향 곤장 맞아 원통한 귀신되니 가련하고 가련하오."

열 치고 그만 둘 줄 알았더니 열다섯 번째 매를 치니,

"십오야 밝은 달은 떼구름에 묻혀 있고 서울 계신 우리 낭군 삼청동에 묻혔으니 달아 달아 임 보

구고청산:높은 언덕과 푸른 산.
구중궁궐:대단히 깊은 곳에 자리잡은 궁궐.

십생구사:매우 위험한 고비를 넘김.

느냐? 임 계신 곳 나는 어이 못 보는고."

스물치고 끝날까하였더니 스물 다섯 매를 치니,

"이십오현탄야월二十五絃彈夜月에 불승청원각비래不勝
淸怨却飛來(25현을 달밤에 타니 맑은 원망을 이기지 못해
날아왔노라) 저 기러기, 너 가는 데 어디메냐. 가는
길에 한양성 찾아들어 삼청동 우리 임께 내 말 부
디 전해다오. 나의 모습을 자세히 보고 부디부디
잊지 마라."

삼십삼천三十三天 어린 마음을 옥황전玉皇前에 아뢰
려고 옥 같은 춘향 몸에 솟느니 유혈이요 흐르느니
눈물이라. 피눈물 한데 흘러 무릉도원武陵桃源의 홍류
수紅流水라. 춘향이 점점 악쓰며 하는 말이,

"소녀를 이리 말고, 능지처참을 해서 죽여 주면
죽은 뒤에 원조怨鳥라는 새가 되어 초혼조招魂鳥 함께
울어 적막공산 달 밝은 밤에 우리 이도령님 잠든
후 꿈에서 깨어나게 하여지이다."

말 못하고 기절하니 엎뎌 있던 형방 통인 고개 들
어 눈물 씻고, 매질하던 저 사령도 눈물 씻고 돌아
서며,

"사람의 자식은 이짓 못하겠네."

좌우의 구경하는 사람과 거행하는 관속들이 눈물

원조:원통하게 죽은 사
람의 귀신이 변하여 되
었다는 새.
초혼조:억울하게 죽은
초 나라 회왕의 넋이
새가 되었다 함.

씻고 돌아서며,

"춘향이 매맞는 거동 사람 자식은 못 보겠다. 모
지도다. 모지도다. 춘향 정절이 모지도다. 하늘이
낸 열녀로다."

남녀노소 없이 서로 눈물 흘리며 돌아설 때 사또
인들 좋을리가 있으랴.

"네 이년! 관청 뜰에서 발악하며 맞으니 좋은 게
무엇이냐? 일후에도 또 그런 거역을 할까?"

반은 죽고 반은 살은 저 춘향이 점점 악쓰며 하는
말이,

"여보 사또, 들으시오. 죽기로 결심하고 먹은 마
음을 어이 그리 모르시오. 계집의 품은 원한은 오
뉴월에 서리칩니다. 원통한 혼이 하늘로 다니다가
우리 나랏님 앉은 곳에 이 원정을 아뢰오면 사또인
들 무사하랴. 덕분에 죽여 주오."

사또 기가 막혀,

"허허 그년 말 못할 년이로고, 큰 칼 씌워 옥에
가두어라." 하니,

큰 칼 씌워 인봉印封하여 옥사정이 등에 업고 삼문
밖을 나올 때에 기생들이 나오며,

"애고 서울집아, 정신차리게. 애고 불쌍하여라."

인봉: 무거운 죄를 진
사람의 목에 칼을 씌우
고 그 위에 도장 찍은
종이를 붙임.

사지를 만지며 약을 갈아 드리며 서로 보고 눈물 질 때 키 크고 속 없는 낙춘落春이가 들어오며,

"얼씨구 절씨구 좋을씨구, 우리 남원도 현판 감이 생겼구나."

왈칵 달려들어,

"애고 서울 집아, 불쌍하여라."

이리 야단할 때 춘향의 모가 이 말 듣고 정신없이 들어오더니 춘향의 목을 안고,

"애고 이게 웬일이냐? 죄는 무슨 죄며 매는 무슨 매냐. 장청將廳의 집사님네, 길청의 이방님, 내 딸이 무슨 죄요. 장군방伏君房의 두목들아 집장하던 옥사쟁이도 무슨 원수 맺혔더냐? 애고애고, 내일이야. 육십 당년 늙은 것이 의지할 데 없이 되었구나. 무남독녀 내 딸 춘향 규중에 은근히 길러 내어 밤낮으로 서책만 놓고 내측편內則篇 공부 일삼으며 날 보고 하는 말이, '마오 마오 서러워 마오. 아들 없다 서러워 마오. 외손봉사外孫奉仕 못하리까' 어미에게 지극한 정성 곽거郭巨나 맹종孟宗인들 내 딸보다 더할 손가. 자식 사랑하는 법이 상중하가 다를손가. 이 내 마음 둘 데없네. 가슴에 불이 붙어 한숨이 연기로다. 김번수야, 이번수야, 웃령이 지엄하다고 이

서울집:춘향을 말함. 시댁이 서울에 있는 데서 나온 말.

장청:관아의 장교들이 집무하는 곳.
길청:지방 관아에서 아전들이 집무하는 곳.

내측편:『예기』의 편명으로 여자들이 지켜야 할 예를 내용으로 하고 있다.
외손봉사:자손이 없어 출가한 딸의 자손에게 제사를 받음.
곽거:한 나라의 효자. 가세가 빈한하여 노모를 봉양하기 위하여 아

| 121 |

다지도 몹시 친단 말이냐. 애고 내 딸 장처杖處 보소. 빙설 같던 두 다리에 연지 같은 피비쳤네. 명문가의 규중부閨中婦야. 눈먼 딸도 원하더라. 그런데 왜 못 생긴 기생 월매 딸이 되어 이 모양이 웬일이냐? 춘향아 정신차려라. 애고애고 내 신세야." 하며,

"향단아, 삼문 밖에 가서 삭군 둘만 사오너라. 서울 쌍급주雙急走 보낼란다."

춘향이 쌍급주 보낸단 말을 듣고,

"어머니 마시오. 그게 무슨 말씀이요. 만일 급주가 서울 올라가서 도련님이 보시면은 층층시하에 어찌할 줄 몰라 심사가 울적하여 병이 되면 그것인들 아니 훼절毁節이요? 그런 말씀 말으시고 옥으로 가사이다."

옥사장의 등에 업혀 옥으로 들어갈 때 향단이는 칼 머리 들고 춘향 모도 뒤를 따라 문 앞에 당도하여,

"옥형방獄刑房아 문을 여소. 옥형방도 잠들었나?"

옥중에 들어가서 옥방의 모양을 살펴보니 부서진 죽창틀에 살 쏘나니 바람이요, 무너진 헌 벽이며 헌 자리에 벼룩 빈대가 온몸으로 기어든다. 이 때 춘향이 옥방獄房에서 장탄가長嘆歌로 울던 것

들을 묻으려고 땅 3자를 팠다가 황금 도끼를 얻음.

맹종: 중국 삼국시대 오나라의 효자.

쌍급주: 급한 사정을 알리기 위하여 두 사람을 달리게 하여 전달하는 것.

이었다.

이내 죄가 무슨 죄냐

국곡투식國穀偸食 아니거든

엄형嚴刑 중장重杖 무슨 일인고

살인 죄인 아니어든

항쇄족쇄項鎖足鎖 웬일이며

역율강상逆律綱常 아니어든

사지 결박 웬일이며

음양도적陰陽盜賊 아니어든

이 형벌이 웬 일인고

삼강수三江水는 벼룻물 되어

푸른 하늘은 한 장 종이 삼아

나의 설움을 하소연하여

옥황상제 앞에 올리고저

낭군을 그리워하여 답답하여 불이 붙네

한숨이 바람 되어

붙는 불을 더 부치니

속절없이 나 죽겠네

홀로 섰는 저 국화는

높을 절개 거룩하다

국곡투식 : 국고의 쌀을 도둑질함.

항쇄족쇄 : 목에 씌우는 칼과 발에 채우는 차꼬.

역율강상 : 역적과 인륜을 크게 해친 죄.

음양도적 : 간통죄.

눈 속의 푸른 솔은
영원한 절개를 지켰구나
푸른 솔은 나와 같고
누런 국화 낭군 같이
슬픈 생각 뿌리느니 눈물이요
적시느니 한숨이라
한숨은 청풍淸風 삼고
눈물은 세우細雨 삼아
청풍이 세우를 몰아다가
불거나 뿌리거니
임의 잠을 깨우고저
견우와 직녀성은
칠석七夕 상봉相逢 만날 때에
은하수 막혔으되
때를 놓치거나 어긴 일 없었건만
우리 낭군 계신 곳에
무슨 물이 막혔는지
소식조차 못 듣는고
살아 이리 그리워하느니
아주 죽어 잊고 싶구나
차라리 이 몸 죽어

공산空山의 두견이 되어

이화월백梨花月白 삼경야에

슬피 울어 낭군 귀에 들리고저

청강淸江의 원앙이 되어

짝을 불러 다니면서

다정하고 유정함을

임의 눈에 보이고저

삼춘의 나비 되어

향기 묻은 두 나래로

봄빛을 자랑하여

낭군 옷에 붙고 싶구나

맑은 하늘에 밝은 달이 되어

밤이 되면 돋아 오리라

밝고 밝고 또 밝은 빛으로

임의 얼굴 비치고저

이내 간장 썩는 피로

임의 모습을 그려내어

방문 앞에

족자簇子 삼아 걸어 두고

들며 나며 보고 싶구나

수절 정절 절대가인絶對佳人

참혹하게 되었구나

문채 좋은 형산荊山의 백옥白玉이

먼지 무더기에 묻혔는 듯

향기로운 상산초商山草가

잡풀 속에 섞였는 듯

오동 속에 놀던 봉황이

가시밭 속에 깃들인 듯

자고로 성현聖賢네도

무죄하고 궂기시니

요순우탕堯舜禹湯 임금님도

걸주桀紂의 포악暴惡으로

하대옥夏臺獄에 갇혔더니

도루 놓여 나와 성군이 되시고

밝은 덕으로 백성을 다스린 주문왕周文王도

상주商紂의 해를 입어

유리옥羑里獄에 갇혔더니

도로 놓여 성군聖君이 되고

만고의 성현 공부자孔夫子도

양호陽虎의 얼을 입어

광야匡野에 갇혔더니

도로 놓여나 대성大聖되시니

상산초:옛날 신선들인
사호가 살았다는 상산
에서 나는 풀.

요순우탕:중국 고대의
제왕 이름.
걸주:중국의 폭군 걸왕
과 주왕.
하대옥:하 나라 때의
감옥.
주문왕:주 나라 왕.
상주:은 나라의 마지막
왕.
유리옥:주문왕이 주에
의해서 갇혔던 옥.
공부자:공자.
양호:노 나라 이씨의
가신.
광야:공자가 고난을 당
한 곳.

이런 일로 볼 것이면

죄 없는 이내 몸도

살아나서 세상 구경 다시 할까

답답하고 원통하다

날 살릴 이 누구 있을까

서울 계신 우리 낭군

벼슬길로 내려와서

이렇듯이 죽어갈 때

내 목숨을 못 살릴까

하운夏雲은 다기봉多奇峰(여름의 구름은 기이한 봉우

리가 많도다─고개지의 시)하니

산이 높아 못 오시는가

금강산 상상봉이

평지 되거든 오시려나

병풍에 그린 누른 닭이

두 나래를 툭툭 치며

사경四更 일점一點에   사경:새벽 2시 무렵.

날 새라고 울거든 오시려는가

애고애고 내일이야

죽창 문을 열어 젖히니 밝고 깨끗한 달빛은 방 안

으로 든다마는 어린 것이 홀로 앉아 달한테 묻는 말이,

"저 달아, 보느냐? 임 계신 데 밝은 기운 비춰라. 나도 좀 보자꾸나. 우리 임이 누웠더냐, 앉았더냐? 보는 대로만 네가 일러 나의 수심 풀어 다오."

애고애고 슬피 울다가 홀연히 잠이 드니, 비몽사몽非夢似夢간에 호랑나비가 장주莊周되고 장주가 호랑나비로 되어 가랑비 같이 남은 혼백 바람인 듯 구름인 듯 한곳에 다다르니, 하늘은 푸르고 땅은 넓은데 산은 영검스러웁고 물은 아름다운데 은은한 대숲 속에 그림 같은 누각 하나가 반공에 잠겼거늘, 대체 귀신이 다니는 법은 큰 바람이 일고 하늘에 오르고 땅에 들어가니, '침상편시춘몽중枕上片時春夢中에 행진강남수천리行盡江南數千里(베개 위의 짧은 시간 봄 꿈속에서 강남 수천리를 갔다)'라,

앞쪽을 살펴보니 황금 대자大字로,

'만고정렬 황릉지묘萬古貞烈黃陵之墓(순 임금의 두 아내인 아황과 여영의 무덤)'라 또렷이 붙었거늘, 심신이 황홀하여 배회했더니 천연히 낭자 셋이 나오는데 석숭石崇의 애첩 녹주綠珠가 등롱燈籠을 들고 진주 기생 논개論介, 평양 기생 월선月仙이었다. 춘향을 인

장주:중국 춘추시대의 철학자.

석숭:진 나라 때의 거부.

도하여 내당에 들어가니 당상에 백의 입은 두 부인이 옥수玉手를 들어 청하거늘 춘향이 사양하되,

"속세의 천한 계집이 어찌 황릉묘黃陵墓를 오르리이까?"

부인이 기특히 여겨 재삼 청하거늘 사양치 못하여 올라가니 자리를 주어 앉힌 후에,

"네가 춘향이냐? 기특하도다. 일전에 조회朝會차로 요지연瑤池宴에 올라가니 네 말이 자자하기로 간절히 보고 싶어 너를 청하였으니 심히 불안하도다."

춘향이 다시 절하며 아뢰기를,

"첩이 비록 무식하오나 고서古書를 보옵고 죽은 후에나 존안尊顔을 뵈올까 하였더니 이렇듯 황릉묘에 모시게 되니 황공 비감하여이다."

상군부인湘君夫人이 말씀하되,

"우리 순군舜君 대순씨大舜氏가 남쪽 지방을 두루 살피며 순행하시다가 창오산蒼梧山에서 세상을 떠나시니 속절없는 이 두 몸이 소상蕭湘의 대나무 숲에 피눈물을 뿌렸노니 가지마다 아롱아롱 잎잎이 원한이었다. '창오산이 무너지고 소상강물이 끊어진 후에라야 대밭 위의 눈물을 거둘 날이 있으리라'

요지연:주 나라 목왕이 서왕모와 요지에서 잔치를 했다 함.

존안:상대방의 얼굴을 높여 이르는 말.

상군부인:중국 순임금의 두 아내인 아황과 여영.

소상:소수와 상수의 두 강.

천추의 깊은 한을 하소연할 곳 없었더니 네 절행이
기특하기로 너에게 말을 하는 것이다. 송죽^{松竹} 같은
절개 몇 천년에 청백은 어느 때며 오현금^{五絃琴} 남풍
시^{南風詩}를 이제까지 전하더냐?"

오현금:다섯줄로 된 거
문고.

이렇듯이 말씀할 때 어떠한 부인이,

"춘향아, 나는 기주 명월 음도성^{陰都城}에서 화선^{化仙}
하던 농옥^{弄玉}이라. 소사^{蕭史}의 아내로서 태화산^{太華山}
의 이별 후에 용을 타고 날아간 것이 한이 되어 옥
통소로 원을 풀 때 곡조는 날아가 간 곳을 모르니
산 아래의 벽도^{碧桃}가 봄 되니 꽃 피누나."

농옥:진목공의 딸. 선
인 소사의 아내.

이러할 때 또 한 부인이 말씀하되,

"나는 한 나라의 궁녀 소군^{昭君}이라. 오랑캐의 땅
으로 잘못 시집가서 한줌의 푸른 무덤뿐이로다. 말
위에 올라타는 비파 곡조에 '화도성식춘풍면^{畵圖省識}
^{春風面}이요 환패공귀월야혼^{環佩空歸月夜魂}이라(얼굴을 보
니 부드럽고 아름다운 얼굴임을 잘 알겠으며 환패는
옛 살던 한 나라 궁궐에 혼백만이 돌아가겠도다—두보
가 왕소군의 사적을 읊은 시).' 이 아니 원통 하랴."

소군:한 나라 때 흉노
땅으로 시집간 왕소군.

한참 이러할 때 음산한 바람이 일어나며 촛불이
펄렁펄렁하며 무엇이 촛불 앞에 달려들거늘 춘향
이 놀래어 살펴보니 사람도 아니요 귀신도 아닌데

비슷한 가운데 곡성이 낭자하며,

"여봐라 춘향아, 너는 나를 모르리라. 나는 한고조漢高祖의 아내 척부인戚夫人이로다. 우리 황제님 돌아가신 후에 여후呂后의 독한 솜씨 나의 수족 끊어내어 두 귀에다 불지르고 두 눈 빼어 음약瘖藥 먹어 측간 속에 넣었으니 천추에 깊은 한을 어느 때나 들어보랴."

이렇게 울 때 상군부인湘君夫人 말씀하되,

"이곳이라 하는 데가 유명幽明의 길 다르고 행오行伍가 다르니 오래 머무르지 못하리라."

여동女童을 불러 하직할 때 골방의 귀뚜라미 소리 씨르렁, 한 쌍 호랑나비는 펄펄, 춘향이 깜짝 놀래 깨어보니 꿈이로다.

옥창玉窓 밖에는 앵두꽃이 떨어져 보이고 거울 복판이 깨어져 보이고 문 위에 허수아비가 달려 있듯이 보이거늘,

'나 죽을 꿈이로다.'

수심과 걱정으로 밤을 샐 때 기러기가 울고 가니 한 조각 서강西江 위에 뜬 달 아래 남쪽으로 날아가는 기러기가 바로 너 아니냐, 밤은 깊어 삼경이요 궂은 비는 퍼붓는데 도깨비는 삑삑, 밤새 소리 북

척부인:진목공의 딸. 선인 소사의 아내.
여후:한 나라 고조의 왕후.
음약:먹으면 벙어리가 되는 약.

북, 문풍지는 펄렁펄렁 귀신이 우는데 난장亂杖 맞
아 죽은 귀신, 형장刑杖 맞아 죽은 귀신, 결령치사結領
致死 대롱대롱, 목 달아 죽은 귀신 사방에서 우는데,
귀신의 울음 소리가 어지럽다. 방안이며 추녀 끝이
며 마루 아래서도 애고애고 귀신 소리에 잠들 길이
전혀 없다. 춘향이가 처음에는 귀신 소리에 정신이
없이 지내더니, 여러번을 듣고 보니 겁없이 되어서
청승맞은 굿거리의 삼잡이 세악細樂 소리로 알고 들
으며,

"이 몹쓸 귀신들아, 나를 잡아 가려거든 조르지
나 말려므나."

옴급급 여률령 사파쉐 진언眞言치고 앉았을 때 옥
밖으로 장님 하나가 지나가되, 서울 봉사 같은 고
로,

"문수問數하오."
라고 외치련마는, 시골 봉사라,

"문복問卜하오."
하며 외치고 가니, 춘향이 듣고,

"여보 어머니, 저 봉사 좀 불러 주오."
춘향의 모가 봉사를 부르는데,

"여보, 저기 가는 봉사님."

난장:마구치는 매.

결령치사:교수형.

삼잡이:장구, 북, 피리
를 부는 세 사람.
세악:군대의 장구, 북,
깽깽이, 피리, 저 등으
로 편성된 음악.

사파쉐:재액을 물리치
려고 외우는 주문.
진언:법신의 말.

문수:길흉을 점쟁이에
게 물음.

봉사가 대답하되,

"그 누구요."

"춘향의 모요."

"어째 찾나?"

"우리 춘향이가 옥중에서 봉사님을 잠깐 오시라 하오."

봉사 한번 웃으며,

"날 찾기 의외로군, 가보지."

봉사가 옥으로 갈 때 춘향의 모 봉사의 지팡이를 잡고 길을 인도할 때,

"봉사님, 이리 오시오. 이것은 돌다리요, 이것은 개천이요. 조심하며 건느시오."

앞에 개천이 있어 뛰어 볼라 무한히 벼르다가 뛰는데 봉사의 뜀이란 게 멀리 뛰지 못하고 올라가기만 한 길이나 올라가는 것이었다. 멀리 뛰는 것이 한 가운데 가서 풍덩 빠져 놓았으니 기어 나오려고 짚는다는 것이 개똥을 짚었겠다.

"어뿔사, 이게 정녕 똥이지?"

손을 들어 맡아보니 묵은 쌀밥 먹고 썩은 놈이로구나.

손을 내 뿌린 것이 모진 돌에다가 부딪히니 어찌

아프던지 입에다 홀 쓸어 넣고 우는데, 먼 눈에서
눈물이 뚝뚝 떨어지며,

"애고애고 내 팔자야. 조그만 개천을 못 건너고
이 봉변을 당하였으니 누구를 원망하며 누구를 탓
하리. 내 신세를 생각하니 천지 만물을 보지 못하
는 지라. 주야를 알랴? 사시四時를 짐작하며 봄철이
다가온들 복사꽃 피고 배꽃이 핌을 내가 알며, 가
을철이 되어 온들 누런 국화와 붉은 단풍을 내 어
찌 알며 부모를 내 아느냐. 처자를 내 아느냐. 친구
벗님을 내 아느냐. 세상 천지의 일월성신日月星辰과
후함과 박함과 길고 짧음을 모르고, 밤중 같이 지
내다가 이 지경이 되었구나. 참으로 말하자면 '소
경이 그르냐 개천이 그르냐' 소경이 그르지 애초부
터 있는 개천이 그르랴."

애고애고 섧게 우니, 춘향의 모 위로하되,

"그만 우시오."

봉사를 목욕시켜 옥으로 들어가니 춘향이 반기
면서,

"애고 봉사님, 어서 오오."

봉사는 그 중에 춘향이가 일색이란 말은 듣고 반
가와 하며,

"음성을 들으니 춘향 각씨인가 보다."

"예, 그렇습니다."

"내가 벌써 와서 자네를 한 번이라도 볼 터이로되, 가난한 사람 일 많다고 못 오고 청하여 왔으니 내 인사가 아니로세."

"그럴 리가 있소? 눈 멀으시고 늙으셨으니 기력이 어떠하시오."

"내 염려는 말게. 대체 나를 어찌 청하였나?"

"예, 다름 아니라 간밤에 불길한 꿈을 꾸었삽기로 해몽도 하고 우리 서방님이 어느 때나 나를 찾을까 길흉吉凶 여부與否를 점치려고 청하였소."

"그리하세."

봉사가 점을 치는데,

"저 태서太筮의 믿음직한 말을 빌려 존경을 다하여 축원하옵나니, 하늘이 언제 말씀하시었고 땅이 언제 말씀하셨으리요마는 두드리오면 곧 응하시는 것이 신령하심이니 응감하시와 신통하게 하여 주시옵소서. 고할제 알지 못하옵고 그 의심을 풀지 못하올 때 다만 마음과 혼령이 원하는 바를 밝히 아르켜 주시옵기를 바라와 옳고 그른 것을 밝히고자 하오니 곧 응하게 하여 주시오."

복희伏羲, 문왕文王, 무왕武王, 무공武公, 주공周公, 공자孔子, 오대성현五代聖賢, 칠십이현七十二賢, 안증사맹顔曾思孟 성문십철聖門十哲, 제갈공명諸葛孔明 선생, 이순풍李淳風, 소강절邵康節, 정명도程明道, 정이천程伊川, 주렴계周濂溪, 주회암朱晦庵, 엄군평嚴君平, 사마군司馬君, 귀곡鬼谷, 손빈孫臏, 진의秦儀, 왕보사王輔嗣, 유운장劉雲長, 제대선생諸大先生은 밝히 살피시고 밝히 기억하소서. 마의도자麻衣道者, 구천현녀九千玄女, 육정六丁, 육갑六甲, 신장神將이시여, 년월 일시 사치공조四值功曹, 배패동자排卦童子, 척패동랑擲卦童郎, 허공유감虛空有感 여왕 봉기 복사 단로향화 육신 무차 보양, 원컨대 강림케 하여 주옵소서. 전라좌도 남원부 천변川邊에 사는 임자생신壬子生辰 곤명坤命 열녀 성춘향이 하월하일何月何日에 방사옥중放赦獄中하오며 서울 삼청동에 사는 이몽룡은 하월 하일에 남원부에 도착하오리까. 엎드려 빌건대 첨신僉神은 신명소시神明昭示하옵소서."

산통算筒을 철겅철겅 흔들더니,

"어디 보자. 일, 이, 삼, 사, 오, 륙, 칠…… 허허 좋다. 좋은 괘로구나. 칠간산七艮山이로구나. 고기가 그물을 피하니 적게 쌓여 크게 성취할 괘라. 옛날에 주 나라 무왕이 벼슬을 할 때 괘를 얻어 성공하

복희:중국 고대 전설상의 성군.
오대성현:공자, 안자, 증자, 자사, 맹자.
칠십이현:공자의 72제자.
안증사맹:안자, 증자, 자사, 맹자.
성문십철:공자의 고제 10인.
이순풍:당 나라의 방술가.
소강절:송 나라의 도학자 소옹.
정명도:송 나라의 도학자 정호.
정이천:송 나라의 도학자 정이.
주렴계:주돈이.
주회암:주희.
엄군평:한 나라의 방술가.
사마군:사마광.
귀곡:귀곡 선생. 춘추시대 종횡가. 소진. 장의의 스승.
손빈:제 나라의 병법가.
왕보사:왕필. 유학자.
유운장:명 나라 태조.
제대선생:송 나라의 관상가.

여 고향으로 돌아왔으니 어찌 아니 좋을손가. 천리를 알 수 있으니 친한 사람을 만날 것이다. 자네 서방님이 멀지 않아 내려와서 평생의 한을 풀겠네. 걱정마오, 참 좋거든."

춘향이 대답하되,

"말대로 그러하면 오죽이나 좋사오리까. 간밤 꿈의 해몽이나 좀 하여 주옵소서."

"어디 자상히 말을 하소."

"단장하던 체경이 깨져 보이고, 창 앞에 앵두꽃이 떨어져 보이고, 문 위에 허수아비가 달린 듯이 보이고 태산이 무너지고, 바닷물이 말라보이니 나 죽을 꿈 아니요!"

봉사 가만히 생각하다가 얼마 후에 말하기를,

"그 꿈 장히 좋다. 꽃이 떨어지니 능히 열매를 맺을 것이요, 거울이 깨어지니 어찌 큰 소리 한 번 없겠는가. 문 위의 허수아비 달렸음은 만인이 다 우러러봄이라. 바다가 말랐으니 용의 얼굴을 볼 것이며, 산이 무너지면 평지가 될 것이다. 좋다, 쌍가마탈 꿈이로세. 걱정마소. 머지 않네."

한참 이리 수작할 때 까마귀가 뜻밖에 옥 밖의 담에 와 앉아서, '까욱—까욱' 울거늘, 춘향이 손을

구천현녀 : 상고시대의 신녀.
배괘동자 : 괘를 배포하는 동자.
척괘동랑 : 괘를 이룩한 동랑.
산통 : 점치는 데 쓰는 점대를 넣는 통.
칠간산 : 점괘를 말함.

들어 후여하고 날리며,

"방정맞은 까마귀야. 나를 잡아 가려거든 조르지
나 말려무나."

봉사가 이 말을 듣더니,

"가만 있소. 그 까마귀가 가옥가옥 그렇게 울었
지?"

"예, 그래요."

"좋다 좋다. 가자는 아름다울 가嘉자요, 옥자는
집 옥屋자라. 아름답고 즐겁고 좋은 일이 불원간에
돌아와서 평생에 맺힌 한을 풀것이니 조금도 걱정
하지마소. 지금은 복채卜債 천냥을 준대도 아니 받
아갈 것이니, 두고 보고 영귀하게 되는 때에 괄세
나 부디 마소. 나는 돌아가네."

춘향은 장탄 수심으로 세월을 보내더라.

복채:점쟁이에게 점값
으로 주는 돈.

이 때 한양성 도련님은 주야를 가리지 않고 시서
詩書 백가어百家語를 숙독하였으니 글로는 이백李白이
요, 글씨는 왕회지王羲之라. 나라에 경사가 있어 태평
과太平科를 보일 때에 서책을 품에 품고 과거장으로
들어가서 좌우를 둘러보니 수 많은 백성과 허다한
선비들이 일시에 임금님께 절을 한다. 맑고 고운

태평과:나라가 태평할
때 보는 과거라는 뜻.

궁중의 풍악 소리에 앵무새가 춤을 춘다. 대제학을 택출擇出하여 임금께서 정한 글 제목을 내리시니 도승지都承旨가 모셔내어 홍장紅帳 위에 걸어 놓으니 제題에 하였으되, '춘당춘색고금동春塘春色古今同(춘당대의 봄빛은 예나 지금이나 같음)이라' 뚜렷이 걸렸거늘 이도령이 글제를 살펴보니 익히 보아온 바라. 시제詩題를 펼쳐 놓고 해제解題를 생각하여 용지연龍池硯에 먹을 갈아 당황모唐黃毛 무심필無心筆을 반중동 덤벙 풀어 왕희지의 필법으로 조맹부趙孟頫의 체를 받아 단 붓으로 내리갈겨 선장先場하니,

상시관上試官이 글을 보고, 글자마다 비점批點이요, 구절마다 관주貫珠였다. 글씨가 마치 용이 하늘로 치솟는 듯하고 비둘기가 모래밭에 내려앉은 듯하니 금세今世의 대재大才로구나. 금방金榜에 이름을 걸고 임금님이 석 잔 술을 권하신 후, 장원 급제로 답안지를 시험장에 내걸었다. 신래新來에 진퇴 나올 적에 머리에는 임금님이 내려 주신 어사화御賜花요 몸에는 앵삼鶯衫이며 허리에는 학대鶴帶로다. 삼일유가三日遊街 후에 산소에 소분掃墳 하고 임금님께 절하니, 전하께옵서 친히 불러 보신 후에,

　"경의 재주 조정에 으뜸이로다."

당황모:중국산 족제비 털.
조맹부:중국 원 나라 때의 명필.
선장:가장 먼저 답안지를 냄.
비점:시문의 잘된 곳에 점을 찍는 것.
관주:글이 잘 되었을 때 글자 옆에 치는 동그라미 표.
금방:과거에 급제한 사람의 이름을 거는 방.
신래:새로 문과에 급제한 사람.
어사화:임금이 문무과에 급제한 사람에게 내려주신 종이꽃.
앵삼:황색의 두루마기와 같은 관복.
삼일유가:과거에 합격

하시고 도승지 입시^{入侍}하사 전라도 암행어사로 명을 내리시니 평생의 소원이다. 수의^{繡衣}, 마패^{馬牌}, 유척^{鍮尺}을 내주시니 전하께 하직하고 본댁으로 나갈 적에 철관^{鐵冠} 풍채는 산속의 맹호와 같은지라.

부모 앞에 하직하고 전라도로 향할 때 남대문 밖에 나서서 서리^{胥吏} 중방^{中房} 역졸 등을 거느리고, 청파역에 말 잡아 타고, 칠패와 팔패며 배다리 등을 얼른 넘어 밥전거리 지나 동작^{銅雀}을 얼른·건너 남태령^{南泰嶺}을 넘어 과천읍에서 점심 먹고, 사구내^{沙丘乃} 미륵당이 수원^{水原}에서 숙소하고, 대황교^{大黃橋} 떡전거리, 진개울, 중미, 진위읍^{振威邑}에서 점심 먹고 갈원^{葛院}, 소사^{素沙} 애고다리, 성환역^{成歡驛}에 숙소하고, 상류천^{上柳川}, 하류천^{下柳川}, 새술막, 천안읍^{天安邑}서 점심 먹고, 삼거리, 도리치^{道里峙}, 김제역^{金蹄驛}서 말 갈아 타고, 신구^{新舊} 덕평을 얼른 지나 원터에 숙소하고, 팔풍정^{八風亭}, 활원^{弓院}, 광정^{廣程}, 모란원^{毛老院}, 공주^{公州}, 금강^{錦江}을 건너 금영^{錦營}에서 점심 먹고, 높은 행길 소개문, 어미널터, 경천^{敬川}에 숙소하고, 노성^{魯城}, 풀개^{草浦}, 사다리, 은진, 까치다리, 황화정^{皇華亭}, 지어미고개, 여산읍^{礪山邑}에 숙소하고, 이튿날에 서리·중방을 불러 분부하되,

한 사람이 사흘 동안 서울 장안을 돌며 선배를 찾아보는 일.
소분:조상의 무덤을 찾아가 성묘하는 일.
수의:수놓은 웃옷.
마패:암행어사 등이 지니는 역마를 동원할 수 있는 표신.
유척:놋쇠로 만든 잣대.
철관:어사가 쓰던 갓.

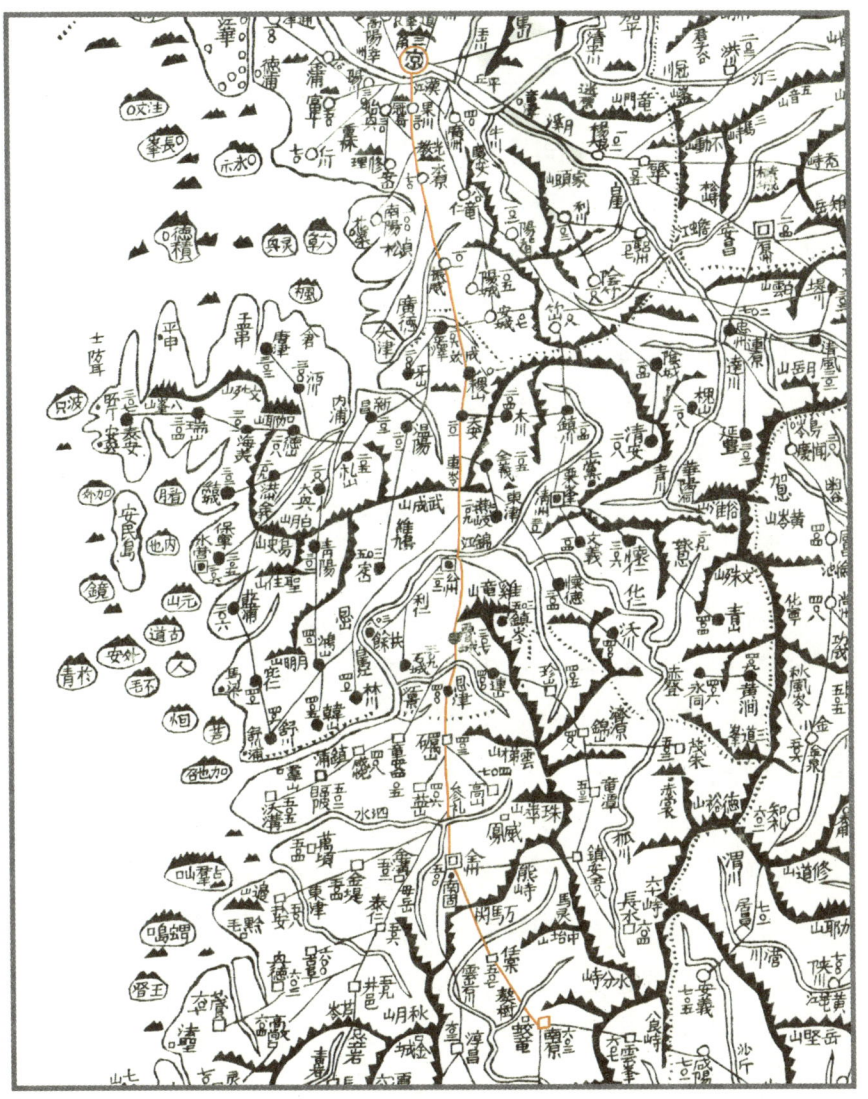

자료제공 | 토지박물관 소장. 『대동여지도』中 일부 발췌.

"전라도 초읍 여산礪山이다. 막중한 나라일을 거행하여 분명히 하지 못하면 죽기를 면하지 못하리라."

추상 같이 호령하여 서리를 불러 분부하되,

"너는 좌도左道로 들어 진산珍山, 금산錦山, 무주茂朱, 용담龍潭, 진안鎭安, 장수長水, 운봉雲峰, 구례求禮로 여덟 읍을 순행하여 아무날 남원읍으로 대령하고, 중방과 역졸 너희들은 우도右道로 용안龍安, 함열咸悅, 임파臨破, 옥구沃溝, 김제金堤, 만경萬頃, 고부古阜, 부안扶安, 흥덕興德, 고창高敞, 장성長城, 영광靈光, 무장茂長, 무안務安, 함평咸平으로 순행하여 아무날 남원읍으로 대령하고, 종사從事불러 익산益山, 금구金溝, 태인泰仁, 정읍井邑, 순창淳昌, 옥과玉果, 광주光州, 나주羅州, 창평昌平, 담양潭陽, 동복同福, 화순和順, 강진康津, 영암靈岩, 장흥長興, 보성寶城, 흥양興陽, 낙안樂安, 순천順天, 곡성谷城으로 순행하여 아무날 남원읍으로 대령하라."

분부하여 각기 분발分撥하신 후에 어사또 행장을 차리는데 그 거동을 좀 보소. 숫제 사람을 속이려고 모자 없는 헌 파립에 벌이줄을 총총이 매어 초사艸紗로 만든 갓끈을 달아 쓰고, 당줄만 남은 헌 망건의 갑풀관자 노끈 당줄 달아 쓰고, 의뭉하게 헌

분발:요긴한 사항을 먼저 베껴 펴는 일.

초사:질이 나쁜 비단.

갑풀관자:아교풀로 만든 관자.

도복의 무명실 띠를 가슴에 둘러매고 살만 남은 헌 부채의 송방울 선초扇貂 달아 햇볕을 가리고 내려올 때, 통새암, 삼례參禮에서 숙소하고, 한내, 주엽쟁이, 가리내, 싱금정을 구경하고 숲정이, 공북루拱北樓 서문을 얼른 지나 남문에 올라 사방을 둘러보니, 서호西湖, 강남江南이 여기로다. 기린봉 위에 솟은 달이며 한벽당寒碧堂의 맑은 잔치, 남고사南高寺의 저녁 종소리, 건지산乾止山 위에 솟은 보름달이며, 다가多佳의 활 쏘아 맞추는 과녁, 덕진德眞의 연뿌리 캐기 비부정飛阜亭에 날아 내리는 기러기, 위봉폭포威鳳瀑布 등 완산팔경完山八景을 다 구경하고 차차로 암행하여 내려올 때, 각읍 수령들이 어사 났단 말을 듣고 민정을 가다듬고 지난날의 공사公事를 근심할 때 하인인들 편하리요. 이방 호장은 혼을 잃고 공사를 회계하는 형방, 서기들은 여차하면 도망치려고 신발을 신고 있으며 허구 많은 각청상各廳上이 넋을 잃고 분주할 때, 이 때 어사또는 임실任實 구화뜰 근처에 당도하니 이 때가 마침 농사철이라 농부들이 농부가를 부르는 것이 들렸다.

어여로 상사디요

선초:부채에 늘어뜨리는 장식품.

서호:구양수와 소식이 놀던 곳.

천리건곤 태평시에
도덕 높은 우리 성군
강구연월동요康衢煙月童謠 듣던
요임금의 성덕이라
어여로 상사디요

순임금 높은 성덕으로 내신 성기聖器
역산歷山의 밭을 갈고
어여로 상사디요
신농씨神農氏 내신 농구
천추만대 유전流傳하니
어이 아니 높으던가
어여로 상사디요
하우씨夏禹氏 어진 임금
구년홍수 다스리니
어여로 상사디요
은왕성탕殷王成湯 어진 임금
대한칠년大旱七年 당하였네
어여로 상사디요

이 농사를 지어 내어

천리건곤:천리에 이르
는 넓은 세상.

강구연월동요:태평한
세월을 노래하는 동요.

성기:농기구를 말함.

신농씨:중국 태고 시대
에 처음으로 농사법을
세워 백성에게 가르친
사람.

하우씨:우 임금이 나라
를 다스리면서부터 부
르게 된 중국의 연호.

은왕성탕:은 나라의 임
금 성과 탕.

우리 성군께 공세貢稅한 후에

남은 곡식 장만하여

앙사부모仰事父母 아니하며

하육처자下育妻子 아니할까

어여로 상사디요

공세:세금을 바침.

앙사부모:자식이 부모
를 섬김.
하육처자:아내와 자식
을 돌봄.

백초百草를 심어

사시四時를 짐작하니

유신有信한 게 백초로다

어여로 상사디요

청운공명靑雲功名 좋은 호강

이 업을 당할소냐

어여로 상사디요

청운공명:벼슬에 나아
가 공을 세우고 이름을
떨침.

남전북답南田北畓 기경起耕하여

함포고복含哺鼓腹하여 보세

얼럴럴 상사디요

남전북답:소유한 논밭
이 여기저기에 있음.
기경:지금까지 경작하
지 않던 땅을 갈아 엎
어 논밭을 만듦.
함포고복:배부르게 먹
고 배를 두드림.

한참 이러 할 때 어사또 죽장을 짚고 이만치 떨어
져서 농부가를 구경하다가

"올해도 대풍大豊이로고."

또 한편을 바라보니 몸이 튼튼한 중씰한 노인들
이 끼리끼리 모여서서 등길 밭을 이루는데, 갈멍덕
숙여 쓰고 쇠스랑을 손에 들고 백발가白髮歌를 부르
는데,

등장等狀 가자 등장 가자
하느님 전으로 등장 갈 양이면
무슨 말을 하실는지
늙은이는 죽지 말고
젊은 사람 늙지 말게
하느님 전에 등장 가세
원수로다 원수로다
오는 백발 막으려고
오른손에 도끼 들고
왼손에 가시 들고
오는 백발 뚜드리며
가는 홍안 걸어 당겨
청사靑絲로 결박하여
단단히 졸라 매되
가는 홍안은 저절로 가고

등장:관청에 연명으로
억울함을 호소함.

백발은 시시時時로 돌아와

귀밑에 살 잡히고

검은 머리 백발되니

조여청사모성설朝如靑絲暮成雪이라

무정한 게 세월이라

소년행락少年行樂 깊다한들

왕왕往往이 달라가니

이 아니 세월인가

천금준마千金駿馬를 잡아 타고

장안 대도大道 달리고저

만고강산 좋은 경치

다시 한 번 보고지고

절대가인絶對佳人을 곁에 두고

온갖 교태 놀고지고

화조월석花朝月夕 사시가경

눈 어둡고 귀가 막어

볼 수 없고 들을 수 없어

할 수 없는 일이로세

슬프다 우리 벗님

어디로 가겠는고

조여청사모성설：젊었을 때는 머리칼이 파란 실 같더니 늙어서는 마치 흰 눈과 같구나.

소년행락：소년 시절의 놀이.

천금준마：천금의 값이 나가는 날랜 말.

화조월석：꽃 피는 아침, 달뜨는 저녁. 좋은 시절.

구추단풍九秋丹楓 잎 지듯이

구추단풍:9월의 단풍.

선뜻선뜻 떨어지고
새벽 하늘 별 지듯이
듬성듬성 쓰러지니
가는 길이 어디메뇨
어여로 가래질이여
아마도 우리 인생
일장춘몽인가 하노라

한참 이러할 때 한 농부 썩 나서며,

"담배 먹세, 담배 먹세."

갈멍덕을 숙여 쓰고 둔덕에 나오더니, 곱돌로 만든 담뱃대를 넌짓 들어 꽁무니 더듬어서 가죽 쌈지 빼어 들고 담배에 세차게 침을 뱉아 엄지가락이 자빠라지게 비빗비빗 단단히 털어 넣어 짚불을 뒤져 놓고 화로에 푹 질러 담배를 먹는데, 농사꾼이라 하는 것이 대가 빽빽하면 쥐새끼 소리가 나겠다. 양 볼때기가 오목오목 콧구멍이 발심발심하며 연기가 훌훌 나게 피어 물고 나서니 어사또 반말하기가 이력이 낫겠다.

"저 농부 말 좀 물어 보면 좋겠구먼."

"무슨 말?"

"이 골 춘향이가 본관에 수청 들어 뇌물을 많이 받아 먹고 민정民政에 작폐한다는 말이 옳은지?"

저 농부 열을 내어,

"그대는 어디 사는가?"

"아무 데 살든지."

"아무 데 사는 데라니 그대는 눈콩알 귀콩알이 없나? 지금 춘향이가 수청 아니 든다고 형장 맞고 갇혔으니 창가娼家에 그런 열녀 세상에 드문지라. 구슬같은 춘향 몸에 자네 같은 동냥아치가 함부로 씨부려대다가는 빌어먹도 못하고 굶어 뒈어지리. 올라간 이도령인지 그놈의 자식은 한 번 간 후 소식이 없으니, 사람의 일이 그렇고는 벼슬은커녕 내 좇도 못하리."

"어, 그게 무슨 말인고."

"왜, 어찌되는 사이인가?"

"되기야 어찌 되랴마는 남의 말을 너무 고약하게 하는구나."

"자네가 철 모르고 말을 하니까 그렇지."

수작을 끝내고 돌아서며,

"허허 망신이로구나. 자 농부네들 일하오."

"예."

작별하고 한 모퉁이를 돌아드니 아이 하나가 오는데 대막대를 끄을면서 시조時調 절반 섞어하되,

오늘이 며칠인고
천리 길 한양 서울
며칠 걸어 올라가랴
조자룡趙子龍이 강 건너던
청총마靑驄馬가 있었더라면
금일로 가련마는
불쌍하다 춘향이는
이서방을 생각하여
옥중에 갇히어서
목숨이 오락가락하니 불쌍하다
몹쓸 양반 이서방은
한 번 가고 소식 끊어지니
양반의 도리는 그러한가

조자룡:중국 촉 나라의 명장인 조운.
청총마:날쌘 말.

어사또가 그 말 듣고,
"이 애 어디 있지?"
"남원에 사오."

"어디를 가니?"

"서울 가오."

"무슨 일로 가니?"

"춘향이 편지 갖고 구관댁에 가오."

"이 애 그 편지 좀 보자."

"그 양반 철 모르는 양반이네."

"웬 소린고?"

"글쎄 들어 보오. 남의 편지 보기도 어렵거든 하
물며 남의 내간內簡을 보잔단 말이요?"

"이 애 듣거라. '행인임발우개봉行人臨發又開封'이라
는 말이 있느니라. 좀 보면 상관 있느냐?"

"그 양반 몰골은 흉악하구만 문자 속은 기특하
오. 얼핏 보고 주시오."

"후레자식이로구나."

편지를 받아 펴보니 그 사연이 써 있기를,

> '한번 이별한 후에 소식이 적조하니 도련님 시봉
> 체후侍奉體候 만안하옵신지 간절히 바라옵고 사모하
> 옵니다. 천첩 춘향은 형틀에서 매를 맞고, 주리를
> 틀렸으며, 관아에서 매를 맞아 목숨이 경각에 달렸
> 더라, 사경에 이르매 혼은 황릉黃陵의 묘에 남아 귀

내간:부녀자들의 편지.

행인임발우개봉:행인이
떠남에 앞서 또 한번
개봉한다.

시봉체후:부모님 모시
고 있는 분의 건강.

황릉:순임금의 두 비인
아황과 여영의 무덤.
귀관:저승으로 들어가
는 문.

관鬼關에 출몰하니, 첩신이 비록 만번 죽으나, 단지
열녀는 두 남편을 섬기지 않고 첩의 사생과 노모의
형상이 그 참혹한 경우가 어찌 될지 모르겠사오니
서방님 깊이 양해하셔서 처사하여 주시옵소서.'
  편지 끝에 하였으되,

  거세하시군별첩去歲何時君別妾고
  작기동설우동추昨己冬雪又桐秋라
  광풍반야우여설狂風半夜雨如雪하니
  하위남원옥중수下爲南原獄中囚라
  (지난 해 어느 때에 님을 이별하였던고
  엊그제가 겨울이더니 또 한 가을 지나가네
  미친 바람은 밤중에 미친 듯한 소나기를 부르거니
  남원 시골의 옥중의 죄인이 되려고 내려왔구나)

  혈서로 써 놓았는데 모래밭 위에 내려앉은 기러
기 격으로 그저 툭툭 찍은 것이 모두 '애고'였다.
어사 보더니 두 눈에 눈물이 뜯거니 맺거니 방울방
울 떨어지니 아이 하는 말이,
  "남의 편지 보고 왜 우시오?"
  "옛다 이 애, 남의 편지라도 서러운 사연을 보니

자연히 눈물이 나는구나."

"여보 인정 있는 체하고 남의 편지에 눈물 묻으면 어쩌요! 그 편지 한 장 값이 열닷냥이요. 편지 값 물어내오."

"여봐라, 이도령이 나와 죽마고우 친구로서 하향退鄕에 볼 일이 있어 나와 함께 내려오다가 전주全州에 들렀으니, 내일 남원에서 만나자고 언약하였다. 나를 따라가 있다가 그 양반을 뵙거라."

그 아이 낯빛을 변하며

"서울을 저 건너로 아시오?"

하며, 달려들어,

"편지 내오."

하고, 제 고집을 세우는데 옷 앞자락을 잡고 힐란하며 살펴보니 명주전대를 허리에 둘렀는데 제기祭器 접시같은 것이 들었거늘 물러나며,

"이것 어디서 났소? 찬바람이 나오."

"이놈, 만일 천기天機를 누설하였다간 목숨을 보전치 못하리라."

당부하고 남원으로 들어올 때 박석치博石峙에 올라서서 사방을 둘러보니 산도 옛날 보던 산이요. 물도 옛날 보던 물이었다. 남문 밖에 썩 내달아,

천기:하늘의 기밀.

"광한루야 잘 있더냐? 오작교야 무사하냐? 객사
客舍 앞의 들른 수양버들은 나귀 매고 놀던 터요, 청
운낙수靑雲落水 맑은 물은 내 발을 씻던 청계수라. 녹
수진경綠水秦景 넓은 길은 오고 가던 옛 길이요(이 대
목은 당 나라 시인 송지문의 시「조발소주早發韶州」가
운데 '녹수진경도綠水秦京道 청운낙수교靑雲洛水橋'를 인
용)."

　오작교 다리 밑에 빨래하는 여인들 중에 계집아
이들이 섞여 앉아,

　"야야."

　"왜 그래?"

　"애고애고 불쌍하더라. 춘향이가 불쌍터라. 모지
더라, 모지더라. 우리 곳 사또가 모지더라. 절개 높
은 춘향이를 위력으로 겁탈하려 한들 철석 같은 춘
향 마음 죽는 것을 겁낼 것인가. 무정하더라, 무정
하더라, 이도령이 무정하더라."

　저희끼리 공론하며 추적추적 빨래하는 모양은 영
양공주英陽公主, 난양공주蘭陽公主, 진채봉秦彩鳳, 계섬월桂
蟾月, 백능파白凌波, 적경홍狄驚鴻, 심회연, 가춘운賈春雲
과도 비슷하다마는 양소유楊小游가 없었으니 누구를
찾아 앉았는고. 어사또 누에 올라 자세히 살펴보니

영양공주, 난양공주, 진
채봉, 계섬월, 백능파,
적경홍, 심회연, 가춘운:
이상 8명은 모두 구운
몽에 나오는 팔 선녀의
현신 이름.
양소유:구운몽의 남자
주인공으로, 성진의 변
신.

석양이 서쪽에 있고 자러 가는 새는 숲으로 가는데 저 건너 양류목楊柳木은 우리 춘향이가 그네를 매고 오락가락 놀던 양을 어제 본듯 반갑구나. 동편을 바라보니 장림長林 깊은 곳 녹림 사이 춘향의 집이 저기로구나. 저 안의 내동원內東苑은 예전에 보던 그 얼굴이요, 석벽의 험한 옥獄은 우리 춘향이가 우는 것 같아 불쌍하고 불쌍하다. 해는 서산에 지고 황혼이 깃들 때에 춘향집 문앞에 당도하니 행랑은 무너지고 집의 몸채는 너스레를 벗었는데, 예 보던 벽오동은 숲속에 우뚝 서서 바람을 못 이기어 허술하게 서 있거늘, 나지막한 담 밑의 흰두루미는 함부로 다니다가 개한테 물렸는지 깃도 빠지고 다리를 징금 찔룩 뚜루룩 울음을 울고, 빗장 앞의 누렁개는 기운 없이 조을다가 구면 객을 몰라보고 컹컹 짖으며 내달으니,

"요 개야, 짖지 마라. 주인 같은 손님이다. 너의 주인 어디 가고 네가 나를 반기느냐?"

중문을 바라보니 내 손으로 쓴 글자가 충성 충자忠字 완연하더니 가운데 중자中字는 어디 가고 마음 심 자만 남아 있고 와룡장자臥龍莊字 입춘서立春書는 동남풍에 펄렁펄렁 이내 수심 돋워낸다.

그렁저렁 들어가니 내정은 적막한데 춘향 모 거동 보소. 미음 솥에 불 넣으며,

"애고애고 내 일이야. 모지도다, 모지도다, 이서방이 모지도다. 위경危境의 내 딸 아주 잊어 소식조차 끊어졌네. 애고애고 서럽구나. 향단아, 이리 와 불 넣어라."

하고 나오더니 울 안의 개울 물에 흰 머리 감아 빗고 정화수 한 동이를 단 아래에 바쳐 놓고 땅에 엎디어 축원하기를,

"하늘과 땅의 귀신이여, 햇님, 달님, 별님은, 변하여 한가지 마음이 되옵소서. 다만 내 딸 춘향이를 금쪽 같이 길러 내어 외손봉사外孫奉祀를 바랬더니, 무죄한 매를 맞고 옥중에 갇혔으니 살릴 길이 없사옵니다. 하늘과 땅의 신령님은 감동하사 한양성 이몽룡을 청운靑雲에 높이 올려 내 딸 춘향을 살려 주사이다."

빌기를 다한 후에,

"향단아, 담배 한 대 붙여다구."

춘향의 모 받아 물고 '후유' 한숨 눈물 질 때, 이때 어사는 춘향 모의 정성을 보고 '나의 벼슬 한 것이 선영의 은덕으로 알았더니, 우리 장모의 덕이로

다' 하고,

"그 안에 누구 있느냐."

"뉘시오?"

"내로세."

"내라니 뉘신가?"

어사 들어가며,

"이서방일세."

"이서방이라니. 옳지, 이풍헌李風憲의 아들 이서방
인가?"

"허허 장모 망령이로세. 나를 몰라? 나를 몰라?"

"자네가 누구여?"

"사위는 백년지객百年之客이라 하였으니 어찌 나를
모르는가?"

백년지객 : 평생 동안의
손님.

춘향의 모 반겨하며,

"애고애고 이게 웬일인고? 어디 갔다 이제 오나,
바람이 크게 일더니 바람결에 풍겨 왔나, 산 마루
에 구름이 일더니 구름 속에 싸여 왔나, 춘향의 소
식을 듣고 살리려고 와 계신가. 어서 어서 들어가
세."

손을 잡고 들어가서 촛불 앞에 앉혀 놓고 자세히
살펴보니 걸인 중에 상걸인이 되었구나. 춘향의 모

기가 막혀,

"이게 웬일이요?"

"양반이 그릇 되니 형언할 수 없네. 그때 올라가서 벼슬 길은 끊어지고 가산을 탕진하여 부친께서는 서당 훈장으로 가시고, 모친은 친정으로 가시고 다 각기 갈리어서 나도 춘향에게 내려와서 돈냥이나 얻어갈까 하였더니, 와서 보니 양가兩家 이력이 말이 아닐세."

춘향의 모 이 말을 듣고 기가 막혀,

"무정한 이 사람아, 한 번 이별한 후로 소식이 없었으니, 그런 인사가 어디 있으며, 뒷 기약인가 뭔가나 바랬더니, 일이 잘 되었소. 쏘아논 화살이요 엎지른 물이 되어 수원수구誰怨誰咎하겠나마는, 내 딸 춘향을 대체 어찌 할라는가?"

홧김에 달려들어 코를 물어 떼려 하니,

"내 탓이지 코 탓인가? 장모가 나를 몰라 보며 하늘이 무심해도 풍운조화風雲造化와 뇌성 벽력은 있는 법이니."

춘향 모가 기가 막혀서,

"양반이 그릇되매 못된 조롱마저 들었구나."

어사가 짐짓 춘향 모가 하는 거동을 보려고,

수원수구:누구를 원망하고 누구를 탓하랴.

"시장하여 나 죽겠네. 나 밥 한 술만 주소."

춘향 모는 밥 달라는 말을 듣고,

"밥 없네."

어찌 밥이 없을까마는 홧김에 하는 말이었다. 이때 향단이 옥에 갔다 나오더니, 저의 아씨 야단 소리에 가슴이 후둘후둘하고 정신이 울렁울렁하여 정처 없이 들어가서 가만히 살펴보니 전의 서방님이 와 계시구나. 어찌나 반갑던지 우루루 달려들어,

"향단이 문안이요. 대감님 문안이 어떠하시며 대부인께서도 그 후 안녕하옵시며, 서방님께서도 먼 길에 평안히 행차하셨습니까?"

"오냐, 고생이 어떠하냐?"

"소녀의 몸은 무탈하옵니다. 아씨 아씨, 큰 아씨, 마오 마오, 그리 하지마오. 멀고 먼 천리 길에 누구를 보려고 오셨는데 이 괄세가 웬일이요? 아가씨가 아신다면 지레 야단을 맞을 것이니 너무 괄세를 마옵소서."

부엌으로 들어가더니 먹던 밥에 풋고추, 저린 김치, 양념을 넣고 단 간장에 냉수를 가득 떠서 소반에 받혀 드리면서,

"더운 진지 할 동안에 시장하실 터인데 우선 요

기나 하옵소서."

어사또 반겨하며,

"밥아, 너 본지 오래구나."

여러 가지를 한데다 붓더니 숟가락 댈 것 없이 손으로 휘휘 저어 한편으로 몰아치며 마파람에 게 눈 감추듯 하는구나.

춘향 모가 하는 말이,

"얼씨구 밥 빌어먹기에 이력이 났구나."

이 때 향단이는 저의 아가씨 신세를 생각하여 크게 울지는 못하고 흐느끼며 하는 말이,

"어찌 할까나. 어찌 할까나. 도덕 높으신 우리 아가씨 어찌하여 살리시려오. 어찌해야 하나? 어찌해야 하나?"

소리도 못 내고 우는 모양을 어사또가 보시더니 기가 막혀,

"여봐라 향단아, 우지마라, 우지마라. 너의 아가씨 설마 살지 죽을소냐. 행실이 지극하면 사는 날이 있느니라."

춘향 모 듣더니,

"애고, 양반이라고 오기傲氣는 있어서, 대체 자네가 왜 저 모양인가?"

향단이 하는 말이,

"우리 큰 아씨 하는 말을 조금도 과념 마옵소서. 나이 많아 노망하는 중에 이 일을 당해 놓으니 홧김에 하는 말을 조금만치라도 노하리까. 더운 진지 잡수시오."

어사또 밥상 받고 생각하니 분한 마음 하늘에 뻗치어 마음이 울적하고 오장이 울렁울렁하고 저녁밥이 맛이 없어,

"향단아, 상 물려라."

담뱃대 툭툭 털며,

"여보소 장모, 춘향이나 좀 보아야겠소."

"그렇게 하구료. 서방님이 춘향을 아니 보아서야 인정이라 하오리까?"

향단이 여쭈오되,

"지금은 문을 닫았으니 바라罷漏치거든 가사이다."

이 때 마침 바라를 뎅뎅 치는 것이었다. 향단이는 미음상을 이고 등롱을 들고 어사또는 뒤를 따라 옥문 앞에 당도하니 인적이 고요하고 옥사장도 간 곳이 없다. 이 때 춘향이 꿈도 아니고 생시도 아닌데 서방님이 오셨는데 머리에는 금관이요, 몸에는 홍

바라 : 오경삼점五更三點에 큰 쇠북을 33번 치던 것. 서울에서 인정人定 이후 야간 통행을 금하였다가, 바루를 치면 풀렸음. 바루. 파루.

삼紅衫을 입었다. 임 그리는 마음에 목을 안고 만단 만단정회:갖가지 정서와 회포.
정회萬端情懷하는 차였다.

"춘향아."

부른들 대답이 있을 소냐. 어사또 하는 말이,

"크게 한 번 불러보소."

"모르는 말이요. 예서 동헌이 마주치는데 소리가 크게 나면 사또가 염문廉問할 것이니 잠깐 지체하옵소서."

"무어 어때? 염문이 무엇인고. 내가 부를게 가만 있소. 춘향아!"

부르는 소리에 깜짝 놀래어 일어나며,

"허허 이 목소리 잠결인가, 꿈결인가 그 목소리 괴이하다."

어사또 기가 막혀,

"내가 왔다고 말을 하소."

"왔다고 말을 할 것 같으면 기절 낙담할 것이니 가만히 계시옵소서."

춘향이 저의 모친 음성을 듣고 깜짝 놀래어,

"어머니, 어찌 오셨소? 몹쓸 딸 자식을 생각하와 천방지축天方地軸 다니다가 떨어져 상하기 쉽소. 이 다음에는 오실 생각 마옵소서."

"나는 염려 말고 정신 차려라. 왔다."

"오다니 누가 와요?"

"그저 왔다."

"갑갑하여 나 죽겠소. 일러 주오. 꿈 가운데 임을
만나 만단정회하였더니 혹시 서방님께로 기별이
왔소? 벼슬 띠고 내려온다는 노문路文 놓고 왔소?
애고 답답하여라."

"너의 서방인지 남방인지 걸인이 하나 내려왔
다."

"이게 웬말인가? 서방님이 오시다니. 꿈속에서
보던 임을 생시에 보단 말가."

문틈으로 손을 잡고 말 못하고 기색氣塞하며,

"애고 이게 누구시오. 아마도 꿈이로다. 그리워
하며 보지 못하던 임을 이리 쉽게 만날 수 있을까.
이제 죽어 한이 없네. 어찌 그리 무정할까. 복도 없
다. 우리 모녀 서방님을 이별한 후에 자나 누우나
임 그리워하며 날이 가고 달이 가더니 내 신세가
이리 되어 매에 감겨 죽게 되니, 나를 살리려고 오
시었소."

한참 이리 반기다가 임의 형상을 자세히 보니 어
찌 아니 한심하랴.

노문:벼슬아치가 당도
할 날짜를 미리 갈 곳
에 알리던 글.

"여보 서방님. 내 몸 하나 죽는 것은 서러운 마음이 없소마는 서방님은 이 지경이 웬일이요?"

"오냐, 춘향아 서러워 마라. 사람 목숨은 하늘에 매인 것이니 설마한들 죽을소냐?"

춘향이 저의 모친을 불러,

"한양성 서방님을, 칠년대한七年大旱 가문 날에 목마른 백성들이 비를 기다린들 나와 같이 기다렸을까. 심은 나무가 꺾어지고 공든 탑이 무너졌네. 가련하다 이내 신세. 할 수 없이 되었구나. 어머님은 나 죽은 후에라도 원이나 없게 하여 주옵소서. 나 입던 비단 장옷 봉장鳳欌 안에 들었으니 그 옷 내어 팔아다가 한산韓山의 고운 모시와 바꾸어서 물색 곱게 도포를 짓고, 백방사주白方絲紬로 지은 긴 치마를 되는 대로 팔아다가 관망冠網 신발을 사 드리고, 절병 천은 비녀와, 밀화장도, 옥지환이 함 속에 들었으니, 그것도 팔아다가 한삼 고의 흉하지 않게 하여 주오. 오래잖아 죽을 년이 세간은 두어 무엇할까. 용장 봉장 빼다지를 있는대로 팔아다가 좋은 찬으로 진지 대접하오. 나 죽은 후에라도 나 없다 말으시고 나 본 듯이 섬기소서.

서방님 내말 들으시오. 내일이 본관사또 생신이

라, 취중에 주망酒妄 나면 나를 올려 칠 것이니 형문刑問 맞은 자리 장독이 났으니 수족인들 놀릴손가. 만수운환漫垂雲鬢 흐트러서 긴 머리 이렁저렁 걷어 얹고 이리 비틀 저리 비틀 들어가 매맞은 병으로 죽거들랑 삭군인체 달려들어 둘러업고 우리 둘이 처음 만나서 놀던 부용당의 쓸쓸하고 고요한 곳에 뉘어 놓고, 서방님께서 손수 염습하되 나의 혼백을 위로하여 입은 옷 벗기지 말고 양지 끝에 묻었다가, 서방님께서 귀하게 되어 성공하시거던, 잠시도 그대로 두지 말고 육진장포六鎭長布 다시 염하여, 조촐한 상여 위에 덩그렇게 실은 후에 북망산천北邙山川 찾아 갈 때, 앞의 남산과 뒤의 남산을 다 버리고 한양으로 올려다가 선산 발치에 묻어 주오. 비문에 새기기를 '수절원사춘향지묘守節怨死春香之墓'라고 여덟 자만 새겨 주오. 망부석이 아니 될까. 서산에 지는 해는 내일 다시 오련마는 불쌍한 춘향이는 한번 가면 어느 때 다시 올까 가슴에 맺힌 원한이나 풀어 주오.

애고애고 내 신세야. 불쌍한 나의 모친 나를 잃고 가산을 탕진하면 별 수 없이 걸인이 되어 이집 저집 걸식하다가 언덕 밑에 조숙조숙 조을면서 기력

만수운환:제멋대로 헝컬어진 머리.

육진장포:육진에서 난다는 긴 베.
북망산천:공동묘지.

수절원사춘향지묘:수절하다 원통하게 죽은 춘향의 묘.

이 다하여 죽게 되면 지리산 갈가마귀 두 날개를 쩍 벌리고 두둥실 날아들어 까욱까욱 두 눈을 다 파먹은들 어느 자식 있어 후여하고 날려 주리, 애고애고."

섧게 울 때 어사또,

"우지 마라. 하늘이 무너져도 솟아날 구멍이 있느니라. 네가 나를 어찌 알고 이렇듯이 서러워하느냐?"

작별하고 춘향의 집으로 돌아왔다. 춘향이는 어둠침침한 한밤중에 서방님을 번개 같이 얼른 보고 옥방에 홀로 앉아 탄식하는 말이,

"명천明天은 사람을 낼 때 별로 후박厚薄이 없건마는 나의 신세 무슨 죄로 이팔청춘에 임 보내고 모진 목숨을 살아 이 형문刑問, 이 형장刑杖이 무슨 일인고. 옥중 고생 서너달에 밤낮이 없게 되었구나. 죽어서 황천에 돌아간들 제왕전에 무슨 말을 자랑하리. 애고애고."

슬피 울 때 기진맥진하여 반은 죽고 반만 살아 있는 모습이었다.

어사또 춘향 집을 나와서 그날 밤을 샐 작정하고 문안 문밖을 염탐하며 들을 때 질청秩廳에 가 들으니

이방과, 승발承發 불러 하는 말이,

"여보소. 들으니 수놓은 옷을 입은 사또가 새문 밖 이씨라더니 아까 삼경에 등롱불을 켜들고 춘향 모를 앞세우고, 허술하게 차린 한 손님이 아마도 수상하니 내일 본관 잔치 끝에 한벌을 구별하여 생 탈 없게 극히 조심하오."

어사가 그 말을 듣고,

'그놈들 알기는 아는구나.'

하고, 또 장청將廳에 가 들으니 행수군관의 거동을 보소.

"여러 군관님네. 아까 옥거리에 왔다 가던 걸인 이, 정말로 괴이한데. 아마도 분명히 어사인 듯하 니 용모 적은 것 내어 놓고 자상히 보소."

어사또 듣고는,

'그놈들 모두 귀신 같구나' 하고,

현사縣司에 가 들으니 호장戶長 역시 그러하다. 육 방六房을 다 염문한 후에 춘향집에 돌아와서 그 밤을 샌 연후에 이튿날 조수照數 끝에 가까운 읍의 수령 이 모여든다.

운봉영장雲峰營將 구례求禮, 곡성谷城, 순창淳昌, 옥과玉 果, 진안鎭安, 장수長水 원님들이 차례로 모여든다.

승발:지방 관아의 아 전 밑에서 잡무를 보 던 사람.

조수:수를 맞추어 조사 하여 봄.

좌편의 행수군관 우편의 청령사령聽令使令 한가운데 본관은 주인이 되어 하인을 불러 분부하되,

　　"관청색官廳色을 불러 다과상을 올리라. 육고자肉庫子를 불러 큰 소를 잡고 예방禮房을 불러 고인鼓人을 대령하고 승발을 불러 차일을 치게 하라. 사령을 불러 잡인雜人을 금하라."

　　이렇듯 요란할 때 기치군물旗幟軍物이며 육각풍류六角風流가 반공에 떠 있고 푸르고 붉은 비단 옷을 입은 기생들은 비단 소매에 싸인 흰 손을 높이 들어 춤을 추고,

　　"지화자 두덩실."

　　하는 소리, 어사또 마음이 심란하구나.

　　"여봐라. 사령들아! 너의 원님 앞에 여쭈어라. 먼데 있는 걸인이 좋은 잔치에 왔으니 술과 안주나 좀 얻어 먹자고 여쭈어라."

　　저 사령 거동 보소.

　　"어느 양반이길래 우리 안전案前께서 걸인을 못 들어오게 하시니 그런 말은 내지도 마시오."

　　등을 밀쳐 내니 어찌 아니 명관인가. 운봉雲峰이 그 거동을 보고 본관에게 청하는 말이,

　　"저 걸인의 의관은 남루하나 양반의 후예인 듯하

관청색:수령의 음식을 맡은 아전.
육고자:지방 관아에 쇠고기를 바치던 관노.
고인:북잽이.

기치군물:군에서 쓰는 기旗와 군인들이 쓰는 물건.
육각풍류:음악을 말함.

안전:하급 관리가 상급 관리를 부르는 말.

니 말석에 앉히고 술잔이나 먹여 보냄이 어떠하
오?"

"운봉의 소견대로 하오마는……."

하는데 '마는—' 소리가 뒷 입맛이 사납다. 어사
또는 속으로,

'오냐, 도적질은 내가 하마, 오랏줄은 네가 저라.'

운봉이 분부하여,

"그 양반 듭시래라."

어사또 들어가 단정히 앉아 좌우를 살펴보니 당
상의 모든 수령들이 다과상을 앞에 놓고 진양조^{盡陽}
^調가 높아갈 때 어사또 상을 보니 어찌 아니 분통하
랴. 못 떨어진 개다리 소반에 닥나무 젖가락, 콩나
물, 깍두기, 막걸리 한 사발이 놓였구나. 상을 발길
로 탁 차 던지매 운봉의 갈비를 직신,

"갈비 한 대 먹고지고."

"다리도 잡수시오."

하고, 운봉이 하는 말이,

"이러한 잔치에 풍류로만 놀아서는 맛이 적사오
니 차운^{次韻}이나 한 수씩 해보면 어떠하오?"

"그말이 옳소."

하니, 운봉이 운을 내는데 높을 고^高 기름 고^膏 두

진양조:판소리 및 산조
장단의 하나로 느림.

직신:직신거리다. 지분
지분 자꾸 조르다.

차운:남의 운을 떼어
시를 짓는 놀이.

자를 내어 놓고 차례로 운을 달 때에 어사또가 하
는 말이,

"걸인도 어려서 『추구抽句』 권이나 읽었는데, 좋은
잔치를 당하여서 주효를 배불리 먹고 그저 가기 염
치 없으니 차운 한 수 하겠사오이다."

운봉이 반겨 듣고 붓과 벼루를 내어 주니, 좌중이
다 못하여 글 두 귀를 지었으되 민정을 생각하고
본관 정체政體를 생각하여 지었다.

『추구』:명구를 초출한
책.

금준미주천인혈金樽美酒千人血
옥반가효만성고玉盤佳肴萬姓膏
촉루낙시민루낙燭淚落時民淚落
가성고처원성고歌聲高處怨聲高
(금동이의 아름다운 술은 일만 백성의 피요
옥소반의 맛좋은 안주는 일만 백성의 기름이라
촛불의 눈물이 떨어질 때 백성의 눈물이 떨어지고
노래 소리 높은 곳에 원망 소리 높았더라)

이렇듯이 지었으되 본관은 몰라 보고 운봉이 글
을 보며 속으로 생각하니,
'아뿔싸! 일이 났구나.'

이 때 어사또가 하직하고 간 연후에 공형公兄을 불러 분부하되,

"야 야, 일이 났다."

공방工房을 불러 포진鋪陳을 단속하고, 병방兵房을 불러 역마驛馬를 단속하고, 관청색을 불러 다담茶啖을 단속하고, 옥형리를 불러 죄인을 단속하고, 집사執事를 불러 형구刑具를 단속하고, 형방을 불러 문부文簿를 단속하고, 사령을 불러 합번合番을 단속하며, 한참 이리 요란할 때 물색 없는 저 본관이,

"여보, 운봉은 어디를 다니시오?"

"소피하고 들어옵니다."

본관이 분부하되,

"춘향을 급히 올리라!"

하고 주광酒狂이 난다.

이 때 어사또가 군호軍號할 때 서리에게 눈짓을 하니, 서리와 중방의 거동 좀 보소. 역졸을 불러 단속을 할 때 이리 가며 수군, 저리 가며 수군수군. 서리와 역졸의 거동을 보소. 외올 망건, 공단 싸개, 새 패랭이를 눌러 쓰고 석자 감발을 두르고, 새 짚신에 한삼 고의를 산뜻이 입고 육모 방망이와 녹피 끈을 손목에 걸어 쥐고 여기서 번쩍 저기서 번쩍

공방:공전에 관계된 일을 맡아보던 관청.
포진:잔치 때 까는 방석이나 돗자리.

합번:중대한 일이 있을 때에 여럿이 모여 숙직함.

남원읍이 술렁술렁한다. 청파역졸의 거동을 보소.
달 같은 마패馬牌를 햇빛 같이 번쩍 들어,

"암행어사 출두야!"

외치는 소리 강산이 무너지고 천지가 뒤집히는
듯, 초목 금수인들 아니 떨랴.

남문에서,

"출두야!"

북문에서,

"출두야!"

동서문에서 출두 소리가 청천에 진동하고,

"공형 들라."

외치는 소리에 육방이 넋을 잃어,

"공형이요."

등채찍으로 후다닥 갈기니,

"애고, 죽는다!"

공방이 포진 들고 들어오며,

"안 하려던 공방을 하라더니 저 불 속에 어찌 들
어가노?"

등채찍으로 후다닥 갈기니,

"애고, 박 터졌네."

좌수座首, 별감別監은 넋을 잃고 이방, 호장도 넋을

좌수:향청의 우두머리.
별감:좌수의 다음 가는
자리.

잃고 파랑, 빨강, 노랑 색의 옷을 입은 나졸들은 분
주하네. 모든 수령들이 도망할 때, 거동 좀 보소.
인궤印櫃를 잃고, 과줄을 들었으며, 병부兵符 대신 송
편을 들고, 탕건 대신 용수를 쓰고 갓 대신 소반을
쓰고, 칼집을 쥐고 오줌을 누려 한다. 부서지니 거
문고요, 깨지느니 북과 장고로다. 본관이 똥을 싸
고, 멍석 구멍의 생쥐 눈 뜨듯 하고 내아로 들어가
서,

"어 추워라! 문 들어온다 바람 닫아라, 물 마른
다. 목 들여라!"

관청색은 상床을 잃고 문짝을 이고 내달으니 서리
와 역졸이 달려들어 후다딱,

"애고 나 죽네."

이 때 어사또가 분부하되,

"이 고을은 대감이 좌정하시던 고을이라, 소란을
금하고 객사로 옮기어라!"

좌정한 후에,

"본관은 봉고파직封庫罷職하라!"

·분부하니,

"본관은 봉고파직이요!"

사대문에 방을 붙이고 옥형리를 불러 분부하되,

과줄:과자의 일종.

봉고파직:어사또가 부
정한 원을 파면시키고
관고를 쓰지 못하도록
봉인함.

"네 고을 옥수獄囚를 다 올리라!"

호령하니 죄인을 올리거늘, 다 각각 문죄한 후에 죄 없는 자는 놓아 줄 때,

"저 계집은 무엇이냐?"

형리가 여쭈오되,

"기생 월매의 딸이온대, 관청 뜰에서 포악히 굴은 죄로 옥중에 있사옵니다."

"무슨 죄냐?"

형리가 아뢰되,

"본관 사또의 수청으로 불렀더니 수절이 정절이라 수청을 아니 들랴 하고 관정官庭에서 포악한 춘향이로소이다."

어사또가 분부하되,

"네년이 수절한다고 관정 포악하였으니 살기를 바랄소냐? 죽어 마땅하되 내 수청도 거역할까?"

춘향이 기가 막혀,

"내려오는 관장마다 모두가 명관이로구나. 수의 사또 들으소서. 충암절벽 높은 바위가 바람이 분들 무너지며 청송靑松, 녹죽綠竹 푸른 나무가 눈이 온들 변하리까. 그런 분부 마옵시고 어서 바삐 죽여 주오." 하며,

"향단아, 서방님 어디 계신가 보아라. 어젯밤에 옥문간에 오셨을 때 천만당부하였더니 어디로 가셨는지 나 죽는 줄 모르는가?"

어사또가 분부하되,

"얼굴을 들어 나를 보라!"

하시니, 춘향이 고개를 들어 대위를 살펴보니 걸객으로 왔던 낭군이 어사또로 뚜렷이 앉았구나. 반웃음, 반 울음으로,

얼씨구나 좋을시고
어사낭군 좋을시고
남원읍내 추절秋節 들어
떨어지게 되었더니
객사에 봄이 들어
이화춘풍 날 살린다
꿈이냐 생시냐
꿈을 깰가 염려로다

한참 이리 즐길 때에 춘향 모 들어와서 한없이 기뻐하는 말을 어찌 다 말하랴.

춘향의 높은 절개가 광채 있게 되었으니, 어찌 아

니 좋을손가. 어사또는 남원 공사公事 닦은 후에 춘
향모녀와 향단이를 서울로 데려갈 때, 위세가 당당
하니 세상 사람들이 누가 아니 칭찬하랴.

　이 때 춘향이 남원을 하직할 때 영귀榮貴하게 되었
건만 고향을 이별하니 한편 기쁘고 또 한편 슬프지
아니 하랴.

　놀고 자던 부용당아
　너 부디 잘 있거라
　광한루 오작교며
　영주각도 잘 있거라
　춘초년년록왕손귀불귀春草年年綠王孫歸不歸 (봄풀은 해
마다 푸르러지되 왕손王孫은 다시 못 돌아오느니라──왕
유의 「산중송별시山中送別詩」를 인용했음)는
　나를 두고 이른 말이로다
　다 각기 이별할 때
　만세무량 하옵소서
　다시 보기 망연茫然이라

　이 때 어사또는 좌우도左右道를 돌며 민정을 살핀
후에 서울로 올라가 어전御前에 절하니, 삼당상三堂上

삼당상 : 육조의 판서.
참판. 참의.

에 입시入侍하사 문부文簿를 사정査正한 후에 임금께서 크게 칭찬하시고 즉시 이조참의吏曹參議 대사성大司成을 봉하시고 춘향으로 정렬부인을 봉하시니, 은혜에 감사하며 물러 나와 부모 전에 뵈온대 성은을 축수하시더라.

이판吏判, 호판戶判, 우상右相, 좌상左相, 영상領相을 다 지내고 벼슬자리에서 물러난 후에 정렬부인과 더불어 백년을 동락할 때에 정렬부인에게 삼남 이녀를 두었으니 모두가 총명하여, 그 부친을 압두壓頭하고 계계승승하여 직거일품職居一品으로 만세유전萬世流傳하더라.

이판:이조판서.
호판:호조판서.

압두:첫째를 차지함.
직거일품:벼슬살이를 하는 데 있어서 첫째 품계를 차지함.
만세유전:대대로.

판소리와 판소리계 소설이란 무엇인가

판소리의 명칭

판소리는 전통적인 민속적 연예 양식으로, 한 사람의 창자(唱者)가 고수 (鼓手)의 북장단에 맞추어 이야기를 소리(唱, 노래)와 아니리(白, 말)로 엮 어 발림(科, 몸짓)을 곁들이며 구연(口演)하는 형식이다. 판소리의 창자는 광대(廣大) 또는 소리꾼이라고 부르며, 판소리의 대본을 판소리 사설이라 고 한다. '판소리' 란 말의 의미에 대해서는 학자들 간에 아직 결론이 일치 되어 있지 않다. '판' 과 '소리' 의 복합명사에는 틀림없으나, '판' 이 과연 무엇을 뜻하는가에 대한 많은 논란이 있다. '판' 을 '놀이판' 의 뜻으로 이 해하면서 판소리를 '놀이판을 벌이고 부르는 소리' 로 풀이하기도 한다. 대체로 '판' 은 '여러 사람이 모이는 곳이나 장소' 라는 풀이가 설득력을 얻고 있다. 판소리는 '여러 사람이 모이는 곳에서 놀이판을 벌이고 부르는 소리'라고 할 수 있다.

판소리는 처음에는 타령(打令)이란 명칭으로 불려졌으며, 판소리의 별칭(別稱)으로는 소리 또는 우희(優戱), 극(劇), 창극(唱劇), 극가(劇歌) 등이 있다.

판소리의 성격

이야기를 노래로 부른다는 점에서 판소리는 창악적 구비서사시(口碑敍事詩)라고 볼 수 있다. 전통적으로 광대라고 불려진 하층계급의 예능인들에 의해 불려진 판소리는 노래할 때 '너름새' 또는 '발림'이라고 하는 몸짓〔演技〕을 수반한다. '창'이나 '아니리'와 같은 언어에 의한 표현이 아닌, 몸짓에 의한 표현, 다시 말해 연행성(演行性)을 중시하여 연극으로 보는 견해가 있고, 또 그것이 대화 및 지문(地文)으로 구성되어 있는 데다가 그 사설과 재담이 정착된 것이 곧 소설이어서 소설로 보기도 했다. 이같이 판소리를 문학상의 장르로 취급할 때, 희곡으로 보기도 하고, 서사시로 보기도 하고, 소설로 보기도 한다. 그러나 판소리는 산문이 아닌 운문체이며, 창사(唱詞)의 내용에 극적인 요소가 있으며, 체제는 소설보다는 희곡적(연극적 요소 포함)이며, 종합 예술적이라고 할 수 있다.

판소리는 개인의 창작이 아니고 공동작이라는 점에서 민중예술로서의

「평양성도」中 모흥갑 판소리도.

구비문학이지만, 민중 모두가 그 창작에 참여할 수 없고, 전문적인 광대에 의해서 발전되었다는 점은 일반적인 구비문학의 양식과 구분된다. 그러나 판소리의 표현은 매우 비속한 부분이 많으며, 풍자·해학 등 골계적수법이 풍부하게 구사되어 있다는 점에서 서민 의식을 대변하는 예술이라고 할 수 있다. 창자인 광대가 곧 판소리의 작자층인데, 광대는 조선시대의 엄격한 신분제 사회에 있어서 천민층이었다. 따라서 서민층과 같은 입장이었다. 이 판소리가 19세기 후반에 크게 상승하여 민중뿐만 아니라, 좌상객(座上客)이라 부르는 양반 관료층에게까지 환영을 받아 양반층을 포용하는 예술로 발전했던 것이다.

판소리의 발달과정

판소리의 기원에 관해서는 여러 가지 학설이 있다. 첫째 호남 지방의 당골무당〔丹骨巫〕들이 부르던 서사무가가 판소리로 전환되었다는 설이 있다.

둘째 민담(民譚)내지 야담(野談)이 민속적인 행사와 관련되어 판소리로 전환되었다는 설이 있다.

판소리가 형성된 시기는 18세기 초엽인 조선시대 숙종 말에서 영조 초 쯤으로 보고 있다. 1754년(영조 30년)에 쓰인 「만화본춘향전(晚華本春香傳)」이 판소리에 관한 최초의 자료이고, 그 이상의 확실한 고증은 어려운 형편이다. 그 기원에 대해서 종래 소설이 판소리보다 선행(先行)했다는 설과 반대로 판소리가 소설에 선행했다는 설이 있으나 판소리가 시기상 앞선다는 판소리 선행설이 우세하다.

판소리사는 대략 세 시기로 구분한다. 제1기는 판소리의 형성기로 영·정조 시대이다. 이 시대의 사회 경제적인 발달과 관련되어서 서민층의 성장과 함께 판소리 12마당이 형성되었다고 본다.

송만재(宋晚載)의 「관우희(觀優戱)」에는 「춘향가」, 「심청가」, 「흥보가」, 「수궁가」, 「적벽가」, 「가루지기타령」, 「배비장타령」, 「장끼타령」, 「옹고집타령」, 「왈자타령」, 「매화타령」, 「신선타령」 등 12마당에 대한 내용이 나타나 있다. 한편, 정노식(鄭魯植)의 『조선창극사』에는 「왈자타령」 대신 「무숙이타령」이, 「신선타령」 대신에 「숙영낭자전」이 들어 있는 것이 차이가 난다.

그후 향리(鄕吏)라는 특수한 신분 출신의 판소리 이론가인 신재효(申在孝)가 활동했던 19세기 후반까지가 제2기로 그 전성기인데, 이때에 이르러 창자(소리 광대)의 사회적인 지위가 향상되었으며, 판소리 사설이 소설로 출판되어 널리 읽혀졌다. 12마당의 판소리는 조선 말기 이후 쯤에 이르러 5마당으로 줄어들었다. 「춘향가」, 「심청가」, 「흥보가」, 「수궁가」, 「적벽가」가 바로 그것이다. 조선후기 평민문학의 정화(精華)로서 온 국민의 사랑을 받은 국민문학이며, 양반문학과 서민문학을 통합하는 근대문학적 위치를 갖는 판소리는 20세기에 접어들어 일본제국주의의 침입과 함께 사양길로 접어들어 쇠잔기를 맞게 된다. 이 시기가 제3기이다. 이때 시대적인 추세에 따라, 판소리는 여러 광대들이 각자 배역을 분담하여 부르는, 이른바 창극 또는 국극이라 부르는 연극의 형태로 변형시키려는 시도가 있었다. 이때 창극은 민중에게 크게 환영받아 1940년대, 1950년대는 창극의 전성기를 이루었다. 따라서 판소리는 그 원형적인 전승이 위태롭게 되었다. 이후 판소리는 우리 민족의 문화 유산으로 애호 받으면서 그 학문적인 연구가 계속 진행되고 있다.

판소리의 내용과 주제

운문과 산문이 혼합되어 있는 판소리의 사설을 검토해 보면 언어의 층

위가 매우 다채롭다. 그 속에는 전아(典雅)한 한문 문체의 편린이 있는가 하면 노골적인 욕설과 속어가 뒤섞이면서 해학이 풍부하게 내포되어 있음을 알 수 있다. 중세적 윤리의식과 가치질서를 옹호하면서, 또한 그것을 희극적 조롱의 대상으로 삼았던 판소리에 해학이 풍부한 것은 지배계층의 부패성을 폭로하고 그들의 위선적이고 형식적이고 호색적인 생활을 풍자하려고 했기 때문이다.「배비장타령」,「신선타령」등은 지배층 내지 양반 사대부들의 호색적인 본성과 위선을 풍자하려 하였고,「장끼전」은 여성들의 개가 금지에 대하여 풍자하고 있으며,「토끼전」은 기울어가는 조선 왕조의 왕권과 우매함을 풍자하였던 것이다.

판소리의 가창 방법

판소리는 광대와 고수와 청중이 있어야 공연될 수 있다. 광대는 소리를 하는 사람으로 서서 창(唱:노래를 부름)을 하고, 고수는 북을 치는 사람으로 앉아서 북으로 장단을 치며 추임새라고 하는 탄성을 발해 흥을 돋운다. 보통 판소리 한 판을 완창(完唱:처음부터 끝까지 다 부름)하는 데에는 7, 8시간이 소요된다. 판소리의 장단을 설명하면 다음과 같다.

진양조:가장 느린 장단으로 서정적이며 애련한 느낌을 준다.「춘향가」중에서 '적성가' , '긴 사랑가' 가 여기에 해당한다.

중모리:중간빠르기로 안정감을 준다. 「춘향가」 중에서 '옥중상봉 대목'
이 여기에 해당한다.

중중모리:흥취를 돋우며 우아한 맛이 있다. 「춘향가」 중에서 '천자풀
이', '자진사랑가', '어사와 장모 대목'이 여기에 해당한다.

자진모리:섬세하면서도 명랑하고 차분하다. 「춘향가」 중에서 '신연맞
이', '어사출두 대목'이 여기에 해당한다.

휘모리:가장 빠른 장단으로 흥분감이나 급박감을 느끼게 한다. 「춘향
가」 중에서 '춘향이 끌어내는 대목'이 여기에 해당한다.

판소리를 가창하는 데는 이러한 장단의 변화가 있어서 전달하고자 하는
사설의 내용이나 장면의 분위기에 따라 이 중에서 필요한 장단을 적절하
게 선택하여 사용한다. 그리고 창을 하는 중간에 '아니리'라고 하여 창이
아닌 말로 이야기도 한다. 광대는 손에 부채나 손수건을 들고 노래를 부

르면서 무용적 동작, 즉 몸짓으로 내
용을 표현하기도 하는데 이것을 발림
이라고 한다. 한편 너름새는 '발림'
과 같은 것으로 보기도 하나, 소리와
몸짓이 일체가 된 종합적 연창술(演唱
術)을 가리키기도 한다.

판소리 구성 요소는 ㉠창(노래), ㉡
아니리(사설), ㉢발림(몸짓), ㉣추임

새(흥 돋우는 소리)로 정리할 수 있고, 3요소만 말한다면 ㉠창, ㉡아니리, ㉢발림으로 정리할 수 있다.

한편 판소리의 유파는 크게 동편제, 서편제, 중고제로 나눈다.

동편제 : 섬진강을 경계로 하여 전라도 동북 지역인 운봉, 구례, 순창 등지에서 전승되어오던 소리제이다.

서편제 : 전라도 서남 지역인 보성, 광주, 나주 등지에서 전승되어오던 소리제이다.

중고제 : 경기도, 충청도 지역에서 전승되어오던 소리제이다.

판소리계 소설

판소리는 고소설과 서로 깊은 관계를 가지고 발전해왔다. 본질적으로 판소리와 고소설은 구비서사문학이 바탕을 이루었기 때문이다. 판소리 사설이 독서물로 전환되면서 소설로 정착된 작품을 일괄해서 '판소리계 소설'이라고 부른다. 판소리계 소설에는 『춘향전』, 『심청전』, 『흥부전』, 『토끼전』, 『변강쇠전』, 『장끼전』, 『배비장전』, 『옹고집전』, 『숙영낭자전』 등이 있다. 이러한 판소리계 소설들은 특정한 서사구조의 유형성을 띠고 있지는 않으나, 판소리로부터 유래한 율문적 문체는 곧 창의 대본이었음을 말해주며, 판소리 사설에 있던 여러 삽입가요가 남아 있는 경우도 있어 여러 양식의 복합 수용 형태라는 느낌마저 준다. 그리고 감탄법, 나열법, 중언법에다 직유와 은유를 자주 구사하는 수사적 특징을 가지고 있다. 또한 판소리계 소설은 평민적 인물형 및 세계관을 보여주고 있으며, 삶의 고통에 마주선 비장함이 구수한 해학, 신랄한 풍자와 함께 공존하면서 조선 후기 생활상을 폭넓게 형상화 하고 있는 것으로 평가 받고 있다.

춘향전에 대해

춘향전은 이본(異本)의 종류가 많은 작품이다. 현재까지 알려진 것만도 약 120여 종이 확인되었다. 이 이본 가운데 1930년대 이전에 나온 것은 약 30종 정도이다. 연대를 확인할 수 있는 가장 오래된 것은 1754년(영조) 유진한(柳振漢)이 지은 한시 「춘향가春香歌」(원명은 「가사춘향전이백구」)인데, 이것은 지운(紙韻) 칠언장시(七言長詩) 400행이다. 작자의 호를 따서 흔히 만화본(晚華本)이라고 부른다. 판본으로는 경판(京板) 2종(16장본, 17장본), 안성판(安城板) 1종(20장본), 완판(完板) 1종(84장본)이 전한다. 이 가운데 「완판본 열녀춘향수절가」가 가장 많이 읽혀졌던 것으로 추측된다.

줄거리는 다음과 같다.

숙종대왕 시대 남원부사의 아들 이몽룡이 퇴기(退妓) 월매의 딸 성춘향과 사랑을 속삭이게 되어 백년가약을 맺는다. 그러나 이몽룡의 아버지가

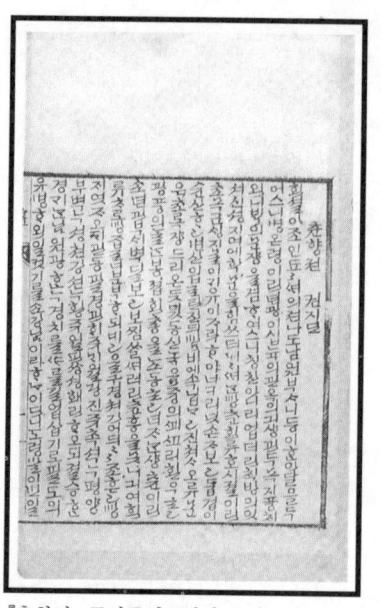

『춘향전』 국립중앙도서관 소장.

서울 내직으로 영전하게 되어, 이도령과 성춘향은 후일을 기약하고 애틋하게 이별을 하게 된다. 그뒤 남원부사로 새로 내려온 변학도가 춘향에게 수청 들기를 강요한다. 그러나 춘향은 이를 거절한다. 변학도는 춘향을 옥에 가두게 된다. 서울에 올라간 이도령은 과거에 합격하여 삼남(三南) 암행어사로 내려온다. 마침 변학도의 생일날이 되어 각처의 수령(원님)들이 모여 잔치하는 마당에, 이도령이 거지로 가장하여 글 짓기에 한몫 끼어 먼저 시를 지어보인다. '금준미주(金樽美酒)는 천인혈(千人血)이요, 옥반가효(玉盤佳肴)는 만성고(萬姓膏)라. 촉루낙시민루낙(燭淚落時民淚落)이요, 가성고처원성고(歌聲高處怨聲高)라.' 그 시가 심상치 않음을 깨닫고, 좌중이 파흥이 되고, 변학도는 춘향을 끌어내어 처형하려고 한다. 그때 청천벽력같이 어사출두 소리가 들이닥쳐, 잔칫상에 둘러앉아 있던 수령들은 혼비백산하여 달아나고, 변학도는 어사 앞에 복죄(伏罪)한다. 어사는 변학도를 봉고파직(封庫罷職)하고, 춘향을 살려 내어 서울로 데리고 가서 함께 부귀공명을 누린다는 내용이다.

『춘향전』의 각 이본은 기생의 딸 춘향과 남원부사의 아들 이도령의 사랑, 그들의 이별, 신임 부사 변학도의 춘향에 대한 수청 강요, 일부종사(一夫從事)를 앞세운 춘향의 저항, 춘향의 투옥과 사경에 이르는 고난, 이도령의 과거급제와 암행어사직 제수, 암행어사 출두로 인한 변학도의 봉고파직과 춘향의 구원, 두 사람의 결합과 행복한 결말로 이어지는 서사구조를 지니고 있다. 그러나 그 세부적인 화소나 에피소드는 이본마다 다르고, 그에 따라 춘향의 성격이 다르다. 춘향은 표정이 풍부하고 솔직하고 명백한 인물이다. 그리고 지적이고 명쾌하고 단정적이다. 또한 자기 중심적이며, 신분적 열등의식에 충격을 받으면 저돌성을 나타내기도 한다. 뿐만 아니라 춘향은 논리적이고, 냉정하고, 초연한 심성을 갖고 있는 인물로 사회적인 규범이나 관습을 자신에게 유리하도록 이끌어들일 줄도 안다.

『춘향전』의 중심 문제는 기생의 딸 춘향이 남원 부사의 아들 이도령과의 사랑, 그리고 죽음 직전까지 가는 고난의 과정을 거쳐 비약적으로 신분이 상승하는 과정을 그리고 있다는 점에서 찾아야 할 것이다. 한편『춘향전』의 핵심이 기생이 아니고자 하는 춘향과 기생 신분으로 고정시키려는 타인(他人)들에 의해 빚어지는 갈등이라 보고, 기생 춘향과 기생이 아니려는 춘향의 갈등은 신분적 제약과 이를 벗어나려는 인간적 해방의지 사이의 갈등이고, 이는 나아가서 조선시대 후기에 두드러지게 나타나는 사회적 갈등이라 보는 견해가 타당성이 있어 보인다.

『춘향전』은 설화를 소재로 하여 작품화되었을 것으로 추정되어, 그동안 많은 연구가 있어 왔다. 그 내용을 간단히 정리해보면 다음과 같다.

㉠신원설화(伸寃說話) : 남원에 춘향이라는 기생이 있어 사또의 자제를 사

모하다가 죽었으므로 원귀가 되어 남원에 재앙을 가져오는 것을 방지하기 위해 액풀이한다는 제의설(祭儀說)에 근원을 두고, 양진사(梁進士)가 제문으로 지었다는 설.

ⓛ암행어사설화:노진(盧積), 성이성(成以性), 박문수(朴文秀) 등의 고사 가운데 야담으로 형성된 암행어사 출두 설화에서 『춘향전』의 서사구조를 따왔다는 설.

ⓒ조선시대 야담집 『동야휘집(東野彙輯)』에 전하는 성세창(成世昌) 설화 등 염정설화(艶情說話)에 그 근원을 두고 있다는 설.

그러나 이러한 설화들은 『춘향전』과 같이 완전한 구조를 갖추고 있는 것은 없다. 따라서 『춘향전』은 이러한 여러 설화를 바탕으로 하여 어떤 창작자가 창작했다고 보아야 한다는 주장이 설득력을 얻고 있다.

■교열 및 해설 참고 문헌

『춘향전』(구자균, 1971), 『한국문학의 이해』(김흥규, 1986), 『판소리의 이해』(김흥규 외, 1983), 『한국의 판소리』(정병욱, 1993), 『판소리』(강한영, 1977), 『신재효판소리사설연구』(정병헌, 1986), 『판소리사설연구』(서종문, 1984), 『춘향전』(설성경, 1986), 『국어국문학총론』(김종택 외, 1978), 『춘향전』(정홍모, 1996), 『교주춘향전』(조윤제, 1957), 『신재효판소리사설집』(강한영, 1973), 『고전소설론』(윤용식 외, 1986).